KB128249

스토리텔링 글쓰기 징검다리

챗GPT

글밥 먹고 일한다

스 토 리 텔 링 글 쓰 기 징 검 다 리

챗GPT

오수민 지음

글밥 먹고 일한다

챗GPT에게 질문을 잘하기 위해서도
글쓰기는 기본이다.

바른북스

읽으면 쓰게 되는
스토리텔링 글쓰기

챗GPT도 글밥을 먹어야 답을 한다. "21세기 문맹자는 글을 읽고 쓰는 것을 모르는 것이 아니라 배운 것을 잊고 새로운 것을 배울 수 없는 사람이다." 앨빈 토플러의 말이다. 책 읽는 사람보다 글 쓰는 사람이 많아지더니 인공지능 시대, 챗GPT도 글밥을 먹고 일하는 세상이 되었다.

시중에 글쓰기 책은 많이 나와 있지만 수필을 한 편이라도 써보고 싶은 사람들에게는 그림의 떡이다. 글 쓰는 방법을 다룬 책을 많이 읽었는데도 글쓰기가 왜 어려운가. 책 읽기보다 글쓰기를 더 많이 해야 실력이 는다. 글이 잘 읽히는 '가독성'을 높이려면 문장 배치, 적확한 단어 선택 하나에도 많은 고민을 하며 써야 한다. 글 쓰는 규칙이 내 체험 속에 녹아들어 이야기의 구성에 고개가 끄덕여지며 재미도 있어야 술술 익히는 것이다.

학력이 높고 지식이 많을수록 이론서부터 찾으며 문학적인 글쓰기를 어려워한다는 것을 강의하면서 느꼈다. 그동안 몸에 밴 비즈니스 글 쓰는 습관을 버려야 문학적 글쓰기를 쉽게 받아들인다. 수필은 교과서처럼 정석대로 쓰는 문학은 아니지만, '무형식의 형식'이 있다.

수필 쓰기 '기술은 배우고, 예술은 키워간다.' 보통 사람들이 글쓰기를 시작도 하기 전에 많은 고민을 하며 막막함을 느낀다. 글쓰기 교재를 열 권 넘게 섭렵해도 읽은 책 요약만 할 뿐 수필 쓰기를 어려워한다.

경험을 스토리로 버무려서 메시지를 전할 수 있는 방법을 서술했다. 스토리텔링 구성으로 써진 글을 읽으면 독자도 경험했음 직한 보편적인 이야기에서 글감을 찾고 쓰는 법을 익힐 수 있을 것이다.

틈틈이 글 쓰는 순간이 누구에게나 공평하게 주어지는 '크로노스의 시간'보다 주관적인 시간을 보낼 수 있는 '카이로스의 의미 있는 시간'을 확보하는 것이다. 그 순간을 한 문장이라도 틈틈이 기록을 하게 되면 수필 씨앗이 발아를 하게 된다.

지식을 '모듈화'하려면 '공부한 경험을 책으로 쓰라.'고 한다. 경험하고 배운 지식을 '모듈화'하지 않으면 찢어진 그물에 고기 잡아놓은 격으로 배운 지식이 다 풀어져 버린다. 기억의 훈련은 인출인데, 비슷한 경험이라도 남과 다른 시선으로 해석해서 자기의 철학을 쓴다.

강의 경험에서 느낀 글쓰기 비법을 예시로 들어가며 '스토리텔링' 기법으로 책 쓰는 방법을 썼다. 미술 감상을 하다 보면 그림을 그리고 싶은 작품을 만나듯, 이 책을 읽으면 글을 쓰고 싶은 생각이 들어 나도 모르게 컴퓨터 앞에 앉아 있을 것이다.

'AI' 사용이 보편화되어 가고 있다. 챗GPT도 구체적인 질문을 해야 수준 높은 답을 해준다. 챗GPT에게 질문을 잘하기 위해서도 글쓰기는 기본이다. 문학적으로 질문하면서 챗GPT와 노는 창작의 기쁨을 느낄 것이다.

경험과 지식 모듈화를 기록하는 징검다리 역할을 이 책이 해줄 것으로 믿는다. 수필 쓰기를 입문하고 싶은 사람에게 즐거운 '글쓰기 안내서'가 될 것이다.

차례

| 들어가는 글 | 읽으면 쓰게 되는 스토리텔링 글쓰기

Ⅰ. 창작의 기쁨

1. 문학은 종교다 · 14 | 2. 수필은 '무형식이 형식'이다 · 19 | 3. 경험은 글쓰기 창고다 · 24 | 4. 글의 다양한 표정 · 28 | 5. '매몰비용'을 잊어라 · 33

Ⅱ. 이론보다 생각 쓰기가 바탕이 되어야 한다

1. '글감' 찾기는 식은 죽 먹기 · 40 | 2. 소리 없는 벌레가 벽을 뚫는다 · 45 | 3, 문장수집도 생활에서 찾는다 · 49 | 4. 글쓰기 영원한 초보 · 54 | 5. 새로운 지식에 눈 비비고 덤벼야 얻는 게 있다 · 60

Ⅲ. 글 씨앗도 키워야 거목이 된다

1. 글 쓰는 재주는 타고나는가 · 66 | 2. 밴드방에서 수필 씨앗을 건지다 · 71 | 3. 샘물도 부지런히 펌프질해야 올라온다 · 75 | 4. 인간의 향기를 담은 글 · 80 | 5. 화룡점정은 작가로 등단하는 지름길 · 85

IV. 나의 이야기, 우리의 이야기

1. 책에는 돈으로 살 수 없는 지혜가 숙성되어 있다 · 92 | 2. 멈출 수 없는 배움의 기쁨 · 98 | 3. 책은 어떤 사람이 쓰는가 · 102 | 4. 나를 만나는 시간 · 106 | 5. 먼저 써먹고 따놓은 '직훈교사 자격증' · 110

V. 가르침은 배움의 반이다

1. 나도 강의하고 싶어요 · 118 | 2. 무대에서 열강도 노력이 우선이다 · 124 | 3. 마음이 설레는 첫 수업 · 130 | 4. 공부하는 귀한 인연 · 135 | 5. 「구노의 세레나데」와 「글쓰기 영원한 초보」· 139

VI. 경험을 풀어가는 글쓰기

1. 말 허기증 · 146 | 2. 경험이 아플수록 아름다운 옹이를 만든다 · 151 | 3. 포로수용소에도 사람들이 산다 · 156 | 4. 스토리텔링으로 수학을 공부한다 · 161 | 5. '대행사' 광고 수업 · 166

VII. 사람을 관찰하며 사는 재미

1. 자기 인생 설계 후 태어나는 사람은 머뭇거릴 시간이 없다 · 172 | 2. 남의 시선에 신경 쓰면 내 일을 못 한다 · 179 | 3. 연예인 삶에서 인생을 배운다 · 181 | 4. 수필 한 근에 얼마예요 · 185 | 5. 특별한 인생의 연결점 · 190

VIII. 기술은 배우고 예술은 키워간다

1. 매일 글을 쓰는 사람이 명문장을 쓸 수 있다 · 198 | 2. 감정은 핵심 기제 · 204 | 3. 챗GPT 글밥 먹고 일한다 · 210 | 4. '광고'도 책 쓰는 과정이다 · 215 | 5. 나를 '쫄게' 한 음악 시간 · 221

IX. 수필 쓰기 지평을 넓혀라

1. 인생의 전환점을 만나면 유턴을 강하게 하라 · 228 | 2. 다이아몬드 소금 · 233 | 3. 명문장 가져오기 · 238 | 4. '무거리'에 이름표를 달아주는 작가 · 243 | 5. 글 쓸 때 능청을 떨어라 · 247

| 마무리 글 | 잘 살아가기 위해 생각을 쓴다

I

창작의
기쁨

1

문학은 종교다

"문학은 종교입니다. 교회, 성당, 불교와 같이 살다가 지치면 쉬었다 돌아와 종교처럼 '문학'을 다시 찾게 됩니다."

2007년 『문학나무』 계간지에 나를 수필로 등단하도록 추천해 주셨던 교수님이 하신 말씀이다. 늦깎이로 불혹의 나이에 ○○대학교 문예창작학과를 입학한 내가 교수님의 이 말을 마음 깊이 새기고 있는 이유는 문학에 대한 미련이 많아서다. 문학을 하고 있을 때 마음이 편안하고 엄마의 품속 같은 느낌을 잊을 수 없어 문학의 품으로 돌아왔다.

대학교 다닐 때 문예창작학과에서 시, 수필, 소설, 아동문학, 희곡, 비평, 광고, 시나리오 등을 배웠다. 문학에 대한 공부는 신천지를 발견하는 것처럼 눈이 휘둥그레지는 경험이었다. 공부하면서 국어국문학과의 기초나 고전문학 등 문학의 역사를 배우지 못해, 뭔가 구멍 뚫린 듯 허전했다. 학문의 미진함은 국어국문학과에서 부전공하고 해결되었다. 문예창작학과는 국어국문학과를 바탕으로 문학을 창작하며 국어국문학과와 수업 내용이 많이 다르다. 국어국문학과는 국어학, 고전문학, 현대문학 등 한국어를 언어학적으로 연구하거나 우리말로 이루어진 문헌을 연구하는 분야다. 글을 쓰려면 '문예창작학과'를 가야 한다. 글을 쓰기 위해 국어국문학과를 전공으로 택했다는 사람들이 있다. 글쓰기를 배우려면 문예창작학과 진로를 정하고 국어국문학과를 겸하면 더 좋다. 타과에서 만학도들이 시, 수필을 교양과목으로 신청해서 동기로 만나서 나이 든 것도 잊을 만큼 면학 분위기가 좋았다.

문학 장르 중에 수필로 먼저 등단한 계기는 아직 다른 장르는 공부만 하고 도전을 안 했기 때문이다. 대학 다닐 때 졸업 작품으로 쓴 소설을 ○○문학에 응모했다. 발표 20일 정도 두고 3일 동안 꿈을 꿨는데, 내가 1등에 계속 당선이 되는 것이었다. 꿈이 잘 맞았던 나는 ○○문학에 전화를 했다. 언니 이름으로 응모했으니 이름을 바꾸고 싶다고 말했다. 본명으로 응모하라고 했는데, 규정을 어겼다며 탈락시킨다고 했다.

수업에 들어오신 교수님이 ○○문학 심사를 했다고 한다. '수업 끝나면 내 소설도 심사했는지 물어봐야지.' 흥분이 되어 교수님의 수업 내용이 귀에 안 들어왔다. 수업이 끝나고 강의실을 나서는 교수님을 쫄래쫄래 쫓아가서 물었다.

"교수님 저도 거기다 소설 응모했는데요. 제 작품 「행운 빌라 101호」 읽어보셨어요?"

"응. 그 작품 본선에 올렸는데."

"그거 제가 본명 아니라고 말했더니 탈락시킨다고 했어요."

"왜? 당선자 발표 후에 본명을 밝혀도 되는데……. 당선이 쉬운게 아닌데……." 말에 힘이 빠지는 교수님의 안타까운 목소리를 들으니 내가 크게 잘못을 한 것 같았다. 화가 난 교수님의 기운이 뒤따라가는 내게 깊이 와 박혔다.

"교수님! 저는 기분이 좋아요. 교수님께서 당선될 정도로 잘 쓴 작품 아니면 응모하지 말라고 해서요. 내가 문학에 소질이 있나 응모해본 거예요. 저는 일간지 신춘문예 당선되는 것보다 더 기분 좋아요. 본선에 올라간 것만 해도 문학에 소질이 있다고 인정받은 거니까, 신춘문예 도전해 볼게요."

그 공모전은 20년이 흐른 지금도 활발히 운영되고 있는데, 상금이 신춘문예 버금갈 정도로 많았다. 그 후 다른 과로 대학원 진학해서 교수하느라고 문학과 소원하게 되었다.

시, 수필을 대학 다닐 때도 졸업 후에도 교수님의 아카데미에 다니며 수업을 계속 받았다.

'시'를 먼저 배우고 수필을 쓰면 글이 훨씬 간결하고 탄력 있다. 교수님은 시를 늘리면 수필이 되고, 하고 싶은 이야기가 많은 사람은 소설을 쓰라고 했다. 소설은 궁둥이로 쓰기 때문에 나이 들어 힘이 달리면 소설 쓰던 사람이 시를 쓰던가 분량이 적은 아동문학을 하게된다고 했다.

문학 공부를 틈틈이 하면서도 문학의 세계로 흠뻑 빠지지 못한 이유는 다른 전공학과 교수를 10여 년 했기 때문이다. 늘 문학에 대한 미련이 있었고 사는 지역에서 문학 모임은 계속해 오면서 동인지를 써왔다. 대학교 입학을 하면서 전공으로 택했던 문학에 대한 그리움과 문학 하는 사람들의 고운 마음결이 느껴져 종교처럼 문학의 세계로 돌아왔다.

이순의 나이에 문학을 본격적으로 하게 되면서 종교 찾듯 돌아와 글쓰기 강의도 하고 있다. 글쓰기 강의는 내가 가진 재주를 나누고 싶어서이다. 어르신들 자서전 쓰는 것을 돕고 싶었다. 책 쓰기가 얼마나 어려운가. 내 책을 쓰기 위해서 문학에 깊이 발을 담가야 했다. 첫 책을 내기 위해 몸살을 치다가 5년 만에 낑낑거리며 첫 책을 출간하고 자신감이 붙었다. 학교 다닐 때도 남의 숙제 도와주면 내 공부가 되듯 다른 사람 자서전을 자원봉사로 대필해 주고 책 쓰는 방법을 터득했다.

다른 사람 자서전 써주기와 글쓰기 교육은 건강이 허락하는 한 계속할 것이다. 올해도 『안양 중앙시장 이야기』 중앙시장 상인들 자서전 써주기에 참여해서 「맹가미 가죽공예」 자서전을 썼다. 글을 계속 쓰려면 글 쓰는 분야에 발을 담그고 있어야 책을 쓰게 된다.

살아오면서 다양한 체험을 했던 나는 그 마음을 어떤 식으로든 표현하고픈 욕망이 강했다. 많은 분야 체험하면서 살아온 과정이 '시샘에 의한 상처가 내 안에 잠재되어 진주를 키우듯 서정과 서사로 격자무늬를 짜고 있었다.' 그동안 고행이 구슬을 만드는 시간이었고 그 구슬을 꿰어가는 재미가 쏠쏠하다. 그걸 꺼내볼 여유와 기회가 없다가 수필을 쓰면서 하나씩 구슬로 꿰고 있다.

나는 부잣집에 태어났다. 절대 가난의 시대에 배가 고프다는 단어를 초등학교 입학하고서야 깨달을 정도로 부잣집 딸로 잘 먹고, 잘 입고 당당하게 살았다. 큰오빠가 군에서 제대를 하자마자 가정경제를 쥐면서 동생들은 '버리데기' 신세가 되었다. 큰오빠에게 매 맞고 자란 아픔을 글로 쓰면서 마음이 차차 정화되었다.

늦깎이로 공부해서 대학교수와 단체장을 하면서 타인의 시샘을 받았던 보석 같은 시간들을 구슬로 꿰었다. 그 아픔들은 뜯어 먹기 좋은 글밥이 되었다. 다양한 도전을 하면서 주옥같은 경험과 아픔들을 글에 내려놓으며 위로를 받고 숨을 쉴 수 있었다.

부모에게 받을 수 있었던 혜택을 큰오빠의 욕심으로 배척당한 것이다. 학교를 다녀야 할 시기에 공부하지 못한 데서 오는 열등감, 박탈감, 소외감, 자격지심은 마음에 큰 부담이었고 콤플렉스였다. 글을 쓰면서 아픔을 하나둘 삭혀 기록하는 의지가 나를 일으켜 세웠다.

나라에 역사가 있듯이 개인도 인생사를 써야 한다. 어르신들이 '생에 경험한 도서관 하나가 불타 없어지기' 전에 자서전 쓰라고 권한다.

개개인의 평범한 삶이 문화로 전승되어 후손들에게 이어질 수 있도록 많은 사람들이 자서전을 썼으면 한다. 수명이 길어진 지금 개인의 역사를 기록하는 일에 적극 동참하라고 '문학은 종교'가 되어 나를 견인하고 있다.

2

수필은
'무형식의 형식'이 있다

　수필은 형식적 다양성을 강조하며 다른 장르보다 열린 문학이며 '무형식의 형식'이 있다. 수필은 시적, 소설적, 희곡적 형식을 쓸 수 있다. 문학이 목적이라면 정서 전달은 '편지'나 '일기' 형식의 수필도 가능하다. 내용도 종속 제재를 넘나들 수 있어서 문학 중 가장 자유롭게 쓸 수 있는 것이 수필이다. 수필은 사실을 쓰는 문학이라 독자의 반응으로 완성되어 간다고 할 정도로 독자의 의견에 열려 있는 문학이다.

　수필의 구성에서 제재를 선택하면 주제에 어긋나지 않도록 배치하고 써나간다. 수필을 건축에 비유하면 어떤 용도의 건축을 지을지 목적은 주제가 되고, 재료는 제재가 되고, 설계도는 구성으로 볼 수 있다.

수필의 구성은 기승전결이 없이, 얼개를 써놓는다. 수필은 사실을 쓰는 문학으로 허구를 쓰는 소설처럼 치밀하지 않아도, 글감이 좋으면 명문장가의 글보다 호응이 더 좋다. 사실을 쓰면서 자기의 치부를 드러낼 수도 있고 마음속 깊은 곳까지 보여주게 될 수도 있다.

수필가는 글의 뼈대가 되는 체험 사례 하나에 시점을 고정시켜야 한다. 체험한 이야기를 생각나는 대로 메모했다가 주제에 맞게 재조정하고 재정렬하는 것이 무형식의 형식인 글을 쓰는 수필 나름의 구성적 특성인 것이다. 중심 수필인 경우, 하나의 줄거리로 된 것이 있는가 하면, 테마에 따라 여러 이야기가 동원될 수도 있다. 한 가지 이야기를 쓰다 방향을 바꿔서 사잇길로 잠시 '전환'할 때도 주제는 한 가지를 쫓아가야 한다. 글의 방향이 다른 곳으로 가버리면, 주제의 통일성이 무너진다.

수필의 '무형식'은 구성 단계에서 쓰게 된다. 무형식의 형식은 내 맘대로 자유롭게 쓰라는 것이 아니다. 주제 선정과 구성에 자유를 가질 수 있지만 나만의 체험에서 나올 수 있는 창작이라는 장점도 있다. 책에서 느낀 글감으로 시작하면 현재의 경험에서 씨앗이 된 내 경험과 비슷한 과거로 돌아갔다가 다시 현재로 돌아와 나의 이야기에서 마무리를 하는 구성법도 많이 쓰인다.

예를 들면 '인문학 강의를 듣고 수업 시간에 공부했던 융·건릉 수원 화성으로 인문학 여행을 갔다…….수원 소재 대학교에 강의 다닐 때였다…….' 현재에서 과거로 자연스레 이야기를 끌고 간다. 공부 소재는 공부 소재끼리, 요리는 요리끼리 과거, 현재를 엮어야 통일성이 있다.

수필은 짧은 글이라 쓰다 보면 자연스레 짜임새가 이뤄지기도 한다. 소설, 희곡 등에 비해 의도적인 구성을 고민하지 않아도 된다. 수필이 짧은 글이기 때문에 나도 모르게 쓴 글이지만 구성의 효과는 크다. 어떤 사건이 일어난 배경에는 기승전결이 따르기 마련이다.

소설, 희곡에서는 클라이맥스가 중요한 요소지만, 수필은 서두와 결말이 더 중요한 요소가 된다. 수필 한 편에서 얻어갈 '독자를 배려한 메시지'가 중요하다.

일기, 기행문 등은 사실 그대로를 쓰면 기록문이지만, 작가의 생각, 느낌을 잘 풀어놓으면 문학성을 띠게 된다. 수필은 체험한 사실을 바탕으로 삶의 발견과 의미를 담는 글을 써야 하므로 문학적인 느낌과 상상력, 작가의 해석이 따르는 의미 부여가 있어야 한다. 작가가 겪은 체험담, 에피소드 등을 사실대로만 써놓은 글은 기록문이지 문학은 아닌 것이다.

체험한 사실을 해석해 내는 작가의 느낌과 생각이 조화를 잘 이루면 문학적인 글이 되는 것이다. 체험한 일을 쓰면서 좋았던 시기와 좌절하는 순간이 있어야 글맛이 나는데, 좋은 이야기만 쓰는 사람이 있다. 나쁜 이야기를 쓰려니 자기의 치부가 드러나는 것이 부끄럽기 때문에 적절히 뭉개버리는 글을 쓰기도 한다. 또 자기의 이야기를 다 써놓고 '구름이 전하는 말'이라고 얼버무려 버리기도 한다. 작가는 체험한 사실을 객관적으로 바라보는 연습을 많이 해야 문학적으로 멋있는 글을 쓸 수 있다.

오랜 시간 '보고서식 글'을 써온 사람은 의도성, 작위성이 드러나지 않게 물 흐르듯 자연스러운 구성의 글쓰기를 어려워한다.

건축은 초석부터 다져야 하나 수필은 지붕에서부터 시작할 수도 있고, 인테리어부터 시작할 수도 있으며, 마당의 모양부터 써갈 수도 있을 정도로 구성에 구애를 받지 않는다.

"문학 '구조의 기본 요소'에서 시는 운율과 어조, 소설은 인물과 사건, 수필은 제재와 주제"라고 한다. 수필은 관조의 문학, 자기성찰의 문학이라고도 한다. 수필은 철학적 성격이 강하지만 에세이는 철학과 문학의 튀기라고도 한다. 수필이 문학의 하위 장르지만 수필은 다른 문학 장르와 달리 지적, 관조적, 자성적, 성격이 강하다는 것이다. (중략) 수필은 가치 있는 체험을 정제된 언어로 독자에게 직접 전달하는 열린 형식의 문학이다."

『선광성의 수필 쓰기』, p.24~25

수필은 작가가 체험한 사실을 쓰기 때문에 비슷한 경험을 한 독자가 자기의 일처럼 '라포 형성'되어 글에서 심리적 위로를 받는다. 배경 스토리에는 비유를 하나씩 넣고 주장과 의지가 확고해야 내 스토리에 독자가 감흥(感興)한다.

고등학교 작문 시간에 수필에 대한 이론 공부를 하지 않고 써낸 글이 수상을 했다. 책을 많이 읽다 보니 나도 모르게 수필 쓰는 이론이 몸에 밴 것이다. 나는 수강생들이 이론을 달라고 하면 "그냥 써 오세요." 한다. 비즈니스 글을 규격에 맞춰 몇십 년 글쓰기를 한 사람은 이론서에 맞춰가며 글을 쓰면 글쓰기가 더디다. 자기가 쓴 글이 이론과 맞는지 한 단어, 한 문장씩 정답 찾기를 하고 있을 것이다.

　독자가 수필을 읽고 작가의 생각과 상반되는 반응을 보일 수 있다는 여지를 두고 쓴다. 출고된 글은 작가의 것이 아니다. 그 글은 읽은 독자의 해석에 따라 독자의 글이 되는 것이다. '무형식의 형식'인 수필 쓰기에서 한 편의 수필이 독자에게 어떤 의미로 남을지 고민해 가며 글을 써야겠다.

3

경험은 글쓰기 창고다

"글쓰기는 할 말이 있어야 하고, 글쓰기는 밑천이 있어야
한다. (중략) 다른 사람들의 호기심을 불러일으키는 이야기가 많은
게 좋다. 남의 이야기를 갖고 놀기를 좋아해야 한다. 남의 이야기
를 듣고 남의 글을 읽고 내 말로 살을 붙이는 글쓰기도 좋다. (중략)
내 아픔이 있어야 남의 아픔을 삭일 수 있다."

『당신이 누구인지 책으로 증명하라』, p.140

공감이 가는 이야기다.

어릴 때 나는 이야기 듣기를 좋아하고 동화책 읽기를 좋아했다.
동네 아주머니들이 모여서 밤늦게까지 이런저런 대화를 한다. 엄마

와 언니들 틈에 끼어 구수한 이야기를 들려주는 어른들 틈에서 자랐다. 동네 아이들과 친구네 집을 돌아가며 놀았고, 학교가 파하면 다른 동네 사는 친구 집에 놀러 가서 자고 오기도 했다. 많은 친구들과 다양한 놀이를 하고 몰려다니며 싸움도 하고 얘깃거리에 노출되어 자란 것이 이야기 창고가 되었다.

절대 가난의 시대, 교과서도 부족해서 선배에게 물려받아 공부하던 때였다. 공책도 아껴 써야 했고 연필이 닳아지면 볼펜대에 끼워서 끝까지 썼다. 참고서인 '동아 전과'도 없었으니, 동화책이 우리 집에 있을 리 없었다. 특이하게도 동네에 한두 집 신식 문물을 빨리 받아들이는 집이 있었다. 전기도 들어오지 않은 오지에 핸드폰보다 조금 크고 트랜지스터라디오만 한 TV가 있는 집이 있었다. 그 집에 모여서 시청을 하다가 건전지가 닳으면 아쉬움을 뒤로하고 컴컴한 밤하늘을 보며 집에 왔던 기억이 있다.

초등학교 때 도시에 살던 담임선생님이 전과를 두 권 가지고 오셨다. 대표로 남학생 한 명, 여학생 한 명, 반 아이들의 추천을 받겠다고 했다. 남학생 대표로 반장이 받았고, 여학생 대표로 내가 받게 되었다. 교실을 수리하면서 합반을 하는 바람에 의자도 책상도 없이 교실 바닥에 엎드려 공부했다. 내 뒤에 앉아 있던 남학생이 나를 가리키며, 글씨도 잘 쓰고 공부도 잘한다며 나를 추천했다. 두꺼운 '동아 전과'를 담임선생님께 선물로 받고 가슴이 벅차 잠도 제대로 못 잤다. 동아 전과를 쓰다듬으며 공부를 열심히 해야겠다고 다짐에 또 다짐을 했었다.

'역사가 놓친 시대의 이야기를 건져 올리는 게 문학'이라는 생각이다.

책을 읽어야 글을 쓸 수 있다. 책을 안 읽고 글을 쓰겠다는 것은 연료도 없이 차를 가지고 도로에 나가는 것과 같다. 집필에 필요한 재료, 잘 단련된 생각, 다양한 주제를 탐사하고 그 주제에 대한 재료를 모으는데 많은 정성을 기울여야 한다. 책을 헐렁헐렁 읽으면 읽은 내용이 빛의 속도로 사라진다. 시간이 조금 지나면 그 책을 읽었는지 기억이 안 날 때도 있다. 책을 읽고 난 후 중요한 곳, 기억하고 싶은 부분, 소개하고 싶은 부분을 필사한다. 필사한 것을 본인의 생각대로 개작하면 품위 있는 내 글처럼 느껴진다.

수강생들이 어려워하는 건 글감 찾기다. 글감은 책, 영화, 지인에게 들은 이야기, 일상생활의 사물 등 어디나 있다. 평범한 하루를 촉을 세운 눈으로 글감을 잡아낸다. 과거를 떠올리면서 학창 시절 기억나는 단어를 키포인트를 써본다. 키포인트 백 개쯤 쓰면 책 한 권 분량이라고 한다. 다섯 문단 정도만 써도 수필 한 편 분량이다. 바쁘게 뛰는 사람이 일도 많이 하고 다양한 체험을 한 사람이 글감도 많다. 한가한 시간이 많으면 우울증에 걸리거나 몸이 더 아프다. 바쁘게 살다 보면 남이 내 흉을 보든가 말든가 들을 시간도 없다. 남의 말은 바람에 다 흘려버리고 그 시간에 공부하며 나에게 투자했다. 나하고 코드가 안 맞는 사람은 세월에 묵은 때 벗겨지듯 저절로 떨어져 나갔다. 그 사람들의 평가에 의연하게 대처하는 것이 내가 성장하는 데 디딤돌이 되었다.

"나 자신을 늘 경계하고 성찰한다.", "연륜이 쌓인다고 지혜가 저절로 생기는 것은 아니다." 몽테뉴의 『수상록』을 감명 깊게 읽으며 메모를 한다. 저자의 생각과 내 느낌을 잘 버무려서 색다른 창작을 하는 것이다. 책을 읽다가, 연속극을 보다가, 유튜브를 보다가, 영화를 보다가 마음에 와닿는 구절이 있으면 메모를 한다.

TV 프로그램 「잃어버린 시간을 찾아서」를 본다. 시뮬레이션으로 과거로 돌아가 어머니, 아버지 잃어버린 형제, 친인척을 만난다. TV에 나오는 초가집이 우리 집과 비슷하다. 일찍 돌아가신 부모님, 언니, 오빠를 만나면 하지 못한 말을 꼭 하고 싶다. 왜 그렇게 빨리 가셨는지, 남의 말처럼 내가 언니 오빠들의 명까지 잇고 오래 사는지, 그 몫까지 해내며 잘 살아가고 있다고 소식도 전하고 싶다. 특히 작년에 돌아가신 큰오빠를 만나 왜 그렇게 어린 동생들을 돌보지 않고 폭력을 휘둘렀는지 묻고 싶다. 이런 이야기들을 생각나는 대로 틈틈이 메모해 놓는다. 자투리 글이라도 많이 모아놓으면 글쓰기가 쉽다.

요리 재료처럼 글감을 준비해 두면 책 쓰기가 쉽다. 좋은 글을 쓰기 위해 자신만의 이야기 창고를 풍부하게 만들어 놓아야 한다. 내 보물 창고를 풍부하고 신선한 재료로 가득 채우기 위해 책을 많이 읽고 남의 얘기를 귀담아듣는 노력을 한다. '기름진 땅도 오래 놀리면 잡초들의 세상이 된다.' 글쓰기 재료도 신선할 때 글로 풀어 세상에 방목하자.

4

글의 다양한 표정

자나 깨나 눈 뜨면 카톡부터 확인하는 우리 일상이다. 수시로 올라온 많은 글이 내가 읽어주길 기다리고 있다. 영양가 없는 글도 있지만 퍼 온 글이나 정성껏 쓴 글이나 읽어주고 답을 달아주는 사람도 있어야 카톡 하는 재미가 있다. 좋은 글은 이곳저곳으로 퍼 나르기도 한다. 수필을 꼭 규격을 맞춰서 써야 하는 것은 아니다. 카톡이나 밴드 방 댓글도 정성껏 달면 글 한 꼭지 씨앗이 되기도 한다.

서로 바빠서 연락하려고 해도 전화를 못 받는 경우도 있어서 필요한 소식은 아무 때나 카톡에 올린다. 카톡에 문자로 전달하는 것이 훨씬 편하고 현실적이다. 카톡에 글을 올렸으니 받은 사람이 바로 읽지 않아도 나중에라도 읽을 것이다. 또 읽은 것은 표시가 되니 전달되었는지 알 수 있다. 카톡의 단점도 있다. 종심이 되어가는 언니가 카톡에 뜬 '보이스피싱' 문자를 받았다.

"엄마, 핸드폰 액정이 깨져서 A/S 맡겨서 연락이 안 돼요. 주민등록증과 통장 사본 보내주세요."

언니는 눈이 침침해서 조카의 도움을 받아가며 시키는 대로 신분증과 사본을 보냈다. 신분증 발행 날짜가 안 보인다고 다시 보내라고 문자가 왔다. 눈도 안 보이는데, 짜증 난다고 안 보내고 까마득 잊었다고 한다. 이튿날 딸의 안부 전화를 받고 피싱당했다는 것을 알았다. 급하게 경찰에 신고를 하고 신분증과 통장 분실신고를 했다며 가슴을 쓸어내렸다. 내 주위에도 카톡이나 문자를 받고 피싱당한 사람이 꽤 있다. 나도 그런 문자를 여러 번 받았다. 특히 '해외 직구'를 심부름해 주다가 카드 결제 피싱당할 뻔했다. 경찰에 신고했더니, 빨리 카드회사에 전화해서 카드 정지 신고부터 하라고 경찰이 카드회사 연락처를 줬다. 피싱 당하면 카드에 쓰여 있는 전화번호보다 경찰이 주는 카드회사 전화번호로 신고하는 게 통화도 잘되고 일 처리가 빠르다.

온라인이 생활화되고 편리해지면서 부작용도 많지만, 온라인을 안 할 수는 없기에 실패를 해도 경험을 공부한 것이다. 또 핸드폰의 뛰어난 기능은 다양해서 하루 일과를 핸드폰과 함께한다고 할 수 있다. 메모장, 영상이나 사진 촬영, 녹음 기능을 이용하기도 하고 온라인으로 줌 수업도 받을 수 있고 글을 써서 저장도 한다.

밴드나 인스타그램, 카카오, 블로그에 나만의 공간을 만들어 글을 올릴 수도 있다. 맞춤법, 띄어쓰기 검사도 해준다. 온라인에서 물건을 구입하고, 글 읽고, 쓰기 등 핸드폰은 다(多)역을 해준다. 날마다 동동

거리며 사는 나와 핸드폰은 입속의 혀처럼 밀착 생활을 하고 있다.

글쓰기가 문인들의 전유물이던 시대는 지났다. '아무나 글쓰기 시대'란 말에 고개가 끄덕여진다.

책 쓰기 특강을 줌으로 들었다. 한 시간 정도 글쓰기 강좌를 끝내고 질문을 하라고 했다.

"글 쓰려면 문예창작학과를 가는 것은 어떨까요?"

"저는 전공을 안 했는데, 나 같으면 안 가겠어요." 전공도 하지 않은 강사가 글쓰기를 가르치면서 전공한 사람들의 문학적 글쓰기를 비난하면 안 된다. 대학이 심심해서 전공분야를 만들어 놓은 것이 아니다. 깊이 있는 글을 쓰려면 문예창작학과에 가야 한다. 취직을 해도 전공자를 우선 선발하는 것을 보면 대학에서 전공학과가 왜 필요한지 알 것이다. '경험해 보지 않은 사람에게 묻는 것'만큼 위험한 것은 없다.

비문학이 아닌 문학적 글쓰기는 일반 글쓰기와 다르다. 수필 한 편에도 문학적인 글은 비문을 쓰지 말고 자기 사유가 들어가야 하고 구체적으로 묘사하고 독자에게 줄 메시지를 생각하고 써야 한다.

'날씨가 춥다.'라는 일반적 표현이다. 문학적 표현은, "온도계는 영하 15도를 가리킨다. 철 대문을 열려고 손잡이를 잡으면 대문이 먼저 내 손을 끌어당기고 손은 지남철처럼 대문에 붙었다."고 쓴다. 문학적인 글쓰기는 단어 하나라도 정확하게 써야 한다.

"아빠가 아이와 '풍선' 놀이를 한다. 여기서 풍선은 일반어이다. 아빠가 '노란색 둥근 풍선'을 불었다. 아이는 '계란 꾸러미처럼 생긴 기다란 풍선'을 가지고 놀았다. 아이가 풍선을 좋아한다는 것을 알게 된 아빠는 공룡 알, 하트, 토끼, 곰돌이 등 다양한 모양의 풍선을 아이 앞에 만들어 놓았다." 이렇게 문학적인 글은 표정이 다양하다.

수강생에게 '챗GPT를 주제'로 글을 써 오라고 했다. 아래처럼 비즈니스식으로 썼다.

"'ChatGPT를 카카오톡의 AskUp에서 사용한다.'는 말은 잘못된 정보이다. ChatGPT가 워낙 유명해서 제품 이름이 아닌 일반명사처럼 쓰여 'ChatGPT를 카카오톡으로 사용한다.'는 오해가 생긴 것 같다. ChatGPT는 미국의 OpenAI회사에서 개발했고 AskUp은 한국의 Upstage Inc.회사에서 개발한 챗봇 AI라서 서로 연동시켜 사용한다는 것은 불가능하다……. 사실 GPT는 OpenAI회사에서 최초로 개발한 기술이다. AskUp은 후발 주자로서 그 기술을 사용하고 있을 뿐이다."

또 다른 수강생은 챗GPT를 사용하면서 느낀 점을 『편리한 디지털, 어려운 디지털』이라는 제목으로 AI 사용한 느낌을 담담하게 문학적으로 글을 썼다. 수필을 쓰는 사람은 보고서처럼 일반적인 글쓰기를 빨리 벗어나야 한다.

온라인에서 수강생 모집하는 사람들은 대부분 일반 글쓰기 강사로 알고 있다. 블로그, '인스타그램'에서 글쓰기 수강생 모집 광고를 기가 막히게 잘한다. 출판사도 문학지보다 판매가 잘 되는 영업적인 글을 쓰는 사람을 영입하기도 한다. 또 글로 써서 알리고 유튜브 동영상까지 찍어 독자의 머릿속에까지 저장시켜 주려고 광고하며 애를 쓴다.

급변하는 환경에서 문학의 방향성을 고민해야 한다. 문인들은 문학적 표현의 다양한 글맛을 살려서 글을 쓰려고 노력해야겠다.

개인의 일상을 담아 공유한 것이 유튜브의 시작이었다. 온라인 세상에서 본인의 문학적 취향을 어떻게 풀어나갈지 고민해야 할 중대한 시기다. '글에도 표정'이 있듯 철학, 문학적으로 사유하는 독보적인 글쓰기가 자리 잡도록 문인들이 노력해야겠다.

5

'매몰비용'을 잊어라

"①, ②, ③ 번호를 지우고 보고서식 글을 쓰지 마세요."

"글을 번호 붙여서 습관적으로 써와서 버릇이 안 고쳐지네요."

지식이 많은 사람들은 문학적 글쓰기를 가르쳐도 그 지식을 써먹고 싶어서 자기 고집대로 글을 쓴다. "어린이에게 가르치는 것은 돌에 새기는 것과 같고 어른에게 가르치는 것은 바다에 파도를 일으키는 것과 같다."는 아랍속담처럼 나이든 어른일수록 새로운 습관 들이는 것을 기절할 듯 싫어한다.

현물 투자나 주식 투자에 매몰비용이 필요하듯, 매몰비용은 '경제 용어'에서만 써먹는 건 아니다. 머릿속에 든 지식과 비즈니스적 글 쓰는 습관을 빨리 버리고 문학적 글쓰기를 받아들여야 글 쓰는 실력이 늘게 되고 매몰비용이 필요하다고 누누이 말했다.

힘들고 고단한 시간에 나를 살리는 방법을 찾는다. 틈틈이 글을 쓰며 살고 있지만, 바쁜 생활의 흐름에 밀리며 살다 보니 내 의지대로 지속하기 힘들다. 공부하는 시간은 나를 만나는 시간이다. 공부를 좋아했던 나는 자투리 시간을 이용해서 틈틈이 이것저것 자격증을 따면서 공부를 했다. 공부를 즐기면서 배운 것을 실천하다 보니 어느덧 내가 가고자 하는 자리에 가 있다.

인생을 살면서 물질은 필요한 만큼 있으면 된다. 시간도 돈도 절약하는 습관이 몸에 배었다. 비비적거리며 만든 자투리 시간이 모여 결과를 만든다. 공부하면서 큰돈을 벌어야겠다는 생각은 안 했다. 물질은 내가 공부하는 데 자존심을 꺾지 않을 만큼만 있으면 된다. 부동산, 주식, 다단계에 투자하고 다니는 사람은 자기가 쫓는 방향대로 쫓기며 산다. 이순이 넘으면 물질에 마음을 비우고 절약하며 건강하게 사는 게 돈 버는 것이다. 물질을 쫓는 사람은 소금 켠 사람처럼 많은 돈을 쥐고도 만족을 못 하고 돈돈돈 거리며 산다.

'가장 행복한 사람은 공부를 하는 사람이다.' 공부를 하는 사람은 봉사활동을 하며 물질이 없어도 마음 부자로 산다. 봉사하는 삶을 살 것인가. 봉사받는 삶을 살 것인가. 결국은 본인의 노력에 달렸다. 나하고 맞는 분야는 인문학이다. 대학 때 전공한 문학을 공부하면서 책을 쓰고 글쓰기 강의하고 있으니 행복하다.

삶은 혁명을 통해 큰 변화로 오는 게 아니라, 일상을 살면서 해야 할 작은 실천을 꾸준히 하다 보니 슬금슬금 와 있었다.

"교육의 목적은 무엇을 생각하여야 할까에 있는 것이 아니라, 어떻게 생각하여야 할까를 가르쳐 주는 데 있다." 뻬디이의 말이다. 공부의 맛을 혼자만 음미하기엔 아깝다는 생각에 내가 가진 재주를 나누고 싶어 지인과 함께하자고 권유한다. 사람은 자기가 속한 단체의 영향을 받는다. 같은 분야에서 공부하는 지인이 많으면 쉽게 중단하지 않는다. 지인들 중 나하고 맞는 사람은 함께 가고, 인연이 없거나 안 맞는 사람은 저절로 멀어진다. 순수한 인연이 아닌 계산적으로 인연을 맺고 있는 사람과는 언젠가 멀어지는 계기를 만난다.

대학원까지 졸업하고 지식인 집단에서 활동하다 정년 한 지인이 있다. 다단계 회사 다니면서 그곳의 지인들과 어울리더니 '선물'에 투자를 했다. 종교가 같아서 의기투합을 잘하던 사람들도 돈 앞에서는 크게 싸우고 관계가 틀어진다. 종교를 빙자한 투자는 사람의 감정을 이용한다. 이래저래 얽히고설키다 보면 서로가 '가스라이팅'을 한다. 분위기에 젖어 있는 사람들은 그곳을 쉽게 벗어나지 못한다. 많이 배운 지식인이라도 분위기에 휩쓸리면 이성이 마비되어 물불 안 가리고 권유하는 대로 투자하다 사이가 멀어진다. 사람 관계도 매몰비용 처리하듯 안 좋은 관계를 끊고 빨리 늪에서 빠져나와야 한다.

글을 잘 쓰기 위해서도 그동안 축적된 일반적인 '매몰비용'을 잊어야 한다. 선지식이 꽉 차 있으면 새 지식이 들어갈 자리가 없다. 새 지식과 구 지식을 버무려도 안 된다. 습관처럼 보고서식 글을 또 쓰기 때문이다.

글쓰기 강의를 하면서 책임감 때문에 깊은 공부를 하게 되니 내 글이 탄탄해지고 깔끔해졌다. 책을 써야겠다고 아무리 마음먹어도 책을 쓴다는 게 쉬운 게 아니다. 글 쓸 시간을 확보하고 글을 쓰려면 실천이 어렵다. 한 문장이라도 생각난 대로 틈틈이 쓴다. 책을 읽다가 맘에 드는 문장을 만나면 한 줄이라도 메모하는 습관을 가진다. 옮겨 적을 때 대치 문장을 만들면 금상첨화다.

우리 삶에 필요한 영양 많은 지식이 책 속에 있다. 공부하며 책으로 인생사는 법을 도움 받았으니 이젠 내 경험을 책으로 써서 보답할 차례다.

수업 준비하며 책을 다섯 권씩 쭉 늘어놓는다. 책 속으로 빠져들면서 수업을 위해 공부를 하다 보면 나를 키우는 자양분이 스멀스멀 내 의식 속에 투입되고 있다.

어떤 일을 시작하든 '매몰비용'은 빨리 처리하는 게 새로운 일을 하는 데 도움이 된다. 인생 3모작을 하면서 삶의 경험을 책으로 쓰며 '벼리'고 있다. 고난도 타인의 시샘에 의한 아픈 시간도 나에게는 삶을 공부하는 예행연습이었다. 그 열매를 책으로 엮어가고 있다.

Ⅱ

이론보다
생각 쓰기가
바탕이 되어야 한다

'글감' 찾기는
식은 죽 먹기

"초년고생은 양식지고 다니며 한다." 속담이 있다. 나는 절대 가난의 시대에 태어나 초년 때는 가정과 사회적 환경 때문에 고생을 많이 했다. 성인이 되어 직장을 다니면서 봉사활동을 많이 했다. 오천 시간이 넘는 자원봉사와 배움의 열정에 빠져 끊임없이 공부하며 다양한 체험을 했다.

'대한민국 평생학습대상 최우수상'을 받은 경력과 자원봉사 이야기만 잘 엮어도 생생한 글감은 풍부하다. 특히 인간관계에서 고난이 심할수록 좋은 글감이 되었다. 시샘에 의해 내게 화살을 돌리는 사람들이 비싼 인생 공부였고 맛있는 글감이 되었다.

비트코인 투자로 아파트 한 채를 날린 것보다도 타인에게 받은 괴롭힘이 인생을 사는 데 더 큰 깨달음을 주었다. 물리적인 수업보다 정신적인 수업이 효과가 크고 오래간다.

글을 쓰다 보면 내가 경험한 일들이 자판기를 누른 듯 글이 술술 써진다. 아주 어릴 때 이야기까지 기억이 생생히 떠오를 땐 내 기억력에 놀란다. 그래서 두 권의 책을 쓰기가 수월했다. 또 마흔 살에 늦깎이로 대학생이 되어 지금까지 나이를 잊고 공부를 즐기며 살고 있다. 초년에 많은 체험을 하면서 고생을 하고 살아온 것이 인생을 사는데 명약으로 작용하고 있는 것이다.

작가는 초기에 자기의 신상을 다 털고 나서야 관념적, 철학적, 지성적인 글을 쓰게 된다고 '시'를 지도하던 교수님이 말씀하셨다.

글감을 쉽게 찾는 법은 책을 읽거나 연속극, 영화, 유튜브 등에서 내가 경험한 일들과 연결해서 이야기를 만들어 나간다. 기억나는 이야기, 본 것, 들은 것, 체험과 상상한 이야기까지 소재를 바로 글감으로 연결한다. 나와 관계된 모든 것들을 글감으로 쓸 수 있다. 우선 나로부터 글감 찾는 훈련을 하면 소재 찾기가 더 쉬울 것이다.

사람은 누구나 하고 싶은 이야기 씨앗이 가득하다. 『공부야, 놀자!』「구명시식(救命施食)」은 지인에게 들었던 실화다. 전직 교장 출신 아내가 명이 짧다는 남편의 명을 잇기 위해 오피스텔을 팔아서 무당에게 거금을 주고 굿을 했다는 이야기다. 보이지 않는 영의 세계지만 소재가 좋아서 쓰고 싶었다. 책에 넣을까 말까 고민하다가 이야기를 제공한 본인에게 물었다. 내가 써놓은 원고를 읽은 소재 제공자는 빠진 부분 수정까지 해주며 출판해도 된다고 했다. 이름을 밝히지 않아도 소재가 특이한 경우는 본인의 의사를 물어보고 출판해야 한다. 지인의 이야기를 쓸 때는 내용과 단어 선택에 조심하고 법적으로 문제가 되지 않도록 주의한다.

글을 쓸 줄 몰라도 사람들은 자기의 이야기를 쓰고 싶어 한다. 우리에게는 글감의 싹이 많다. 사는 게 기쁘고 슬프고 사랑하고 미워하고 등 많은 감정들을 느끼며 산다. 그걸 이야기로 풀어야 감정의 응어리들이 풀린다. 사회생활에서 부딪히는 무수한 이야기, 보고 듣고 이용하고 만들고 부딪히면서 얻어지는 생각과 느낌이 수필의 좋은 소재가 된다. 그러한 소재들은 마치 옹기를 굽기 전 재료인 흙이라 보면 된다.

삶의 이야기를 글감으로 건져서 작가는 혼을 불어넣어 생명을 주고 형태를 만드는 것이다.

글감을 찾는 법은 다양하다. 책, 신문을 읽거나, TV를 시청하거나, 디지털 세상에서 경험한 이야기, 지인과의 대화, 영화나 연극 보거나 하다가 글감이라는 촉이 오면 수필로 쓰기 위한 키워드를 쓰고 보충 자료를 적극 수집한다. 메모가 시작되면 주제에 맞는 글 한 편이 완성될 때까지 그 생각만 한다.

디지털을 다룰 수 있어야 편하게 사는 세상이 되었다. 커피숍에서 처음 키오스크로 주문할 때 음료수와 햄버거를 선택해서 누르고 카드로 계산하고 주문한 것을 받았다. 선택한 커피도 안 나오고 햄버거도 엉뚱한 것이 나왔다. 아들이 "엄마 왜 이것밖에 안 사 왔어요?" 한다. "내 재주로는 그것밖에 주문 못 하겠더라."며 웃었다. 처음 키오스크로 주문할 때는 당황했는데 이제는 좀 익숙해졌다. 젊은 사람들이 경로우대 한다고 나이 든 사람들 대신 주문해 주는데, 어렵더라도 AI를 배운다는 생각으로 나이 든 사람들이 적극적으로 주문을 해봐야 한다.

디지털화로 편리해진 대신 보이스피싱 같은 부작용도 많다. "구더기 무서워서 장 못 담그랴!"는 속담처럼 부작용보다 편리함이 많은 디지털 세상을 빨리 습득해야 한다. 일부 디지털이나 AI 사용에 불편한 사람들이 있을 것이다. 그래도 시간 절약도 되고 인건비도 줄일 수 있으니 많은 사람들이 이용하는 것이 대세이고 시대의 흐름이 되었다.

'새로운 디지털 도구는 열 일을 젖히고 배운다.' 시니어들이 나이를 잊고 온라인 세상에서 다양한 공부를 하면서 젊은이들과 함께 살아가는 것도 글감이다.

오래전 일이거나, 사회적 분위기 등 시간이 지난 글감 재료 보충은 인터넷의 도움을 받는다. 특이한 소재의 캐릭터를 형상화하지 못해 좋은 소재가 퇴색해 버리는 경우가 많다. '무형식의 형식'이란 내 스타일로 구성을 설계해도 된다는 것이다. 도입부에 놀랄만한 사건을 먼저 쓰고 사건이 일어난 배경을 뒷받침 문장으로 쓴다. 글에서 까만 비닐봉지가 나와도 이유가 있어야 한다. 그 사건이 일어나게 된 배경, 시대적 흐름을 복선으로 깔아준다.

첫 문장은 최대 스무 자를 넘기지 않도록 짧게 묘사한다. 첫 문장을 읽고 독자가 호기심을 느꼈다면 일단 그 글은 성공한 것이다. 이 글을 누가 읽을 것인가 고민해 보고, 자료 수집과 구성, 단어 선택 등 가독성 있는 글을 쓰기 위해 심혈을 기울여야 한다.

'속담, 고사성어, 명언' 등을 찾아서 소재를 뒷받침해 주면 속담 하나에 주제의 의미가 훨씬 도드라져 보일 수 있다. 수필을 읽은 독자 한 명이라도 만족한 메시지를 느꼈다면 좋은 글감의 수필로 성공한 것이다. 수필 쓰기 글감 찾기는 마음먹기에 따라 식은 죽 먹기다.

'글감을 찾는 매의 눈'을 두리번거리며 걷는 마음이 바쁘다.

2

소리 없는 벌레가
벽을 뚫는다

플라톤은 "어깨를 최대한 앞으로 향해 흔들고 다음에는 최대한 뒤를 향해 흔들어 보는 것을 매일 300번 하는 것"을 하라고 하였다. '세상에서 가장 쉬우면서도 어려운 것'이 반복이다. 90%는 중도에 포기한다. 스승의 반복 학습을 해낸 사람은 소크라테스였다고 한다. 가장 어려운 일은 쉬운 일을 지속적으로 하는 것이다. 쉬운 일이라고 누구나 쉽게 시작할 수 있지만, 모두가 지속하기 어렵고, 끈기와 인내는 어떤 일도 이룰 수 있는 열쇠다. 매일 글쓰기는 견디고 반복하는 사람만이 할 수 있고 성실하게 날마다 실천하면 명문을 쓰는 작가가 될 수 있다.

대학 다닐 때 아동문학을 가르치던 교수님은 경영학 전공이었는데, 군대에 가서 날마다 반성문을 천 장씩 쓰다 보니 문학으로 진로가 바뀌었다고 한다.

교수님은 80년대 대학 다니면서 시위하다 강제 징집되었다고 한다. '광주 놈'이라는 이유로 날마다 반성문 천 자를 넘게 써서 내야 했다. 반성문도 한두 번이지 날마다 글 쓰는 벌을 받고 있으니 이왕이면 잘 써야겠다는 오기가 생기더란다. 그래서 재미있는 소설을 써보자는 생각으로 꾸며서 글을 쓰다 보니 실력이 늘어 문학을 전공하게 되고 문예창작학과 교수를 하게 되었다고 한다.

글을 쓰면 마음이 차분해지고 충만해져 날마다 글을 쓴다. 책을 필사할 때도 있지만 걸어가면서 좋은 문장이 떠오르면 수시로 멈춰서서 몇 줄이라도 메모를 한다. 책에서 좋은 글을 발췌하거나 좋은 생각은 메모를 해서 자투리 문장을 모아놓는다. 글감 모으기도 관심을 가지고 부지런히 해야 창고에 가득하다.

글 쓰는 시간과 장소는 따로 정하지 않는다. 일하면서 지인과 대화하거나 다중이 모인 사람들의 대화를 듣고 이야기를 수집한다. 책을 집필할 때도 있는데, 써놓은 글을 고치기도 한다.

도서관에서 '동화 쓰기' 수업을 하면서 동화를 '필사'하다 보니 대화체가 많았다. 어린이의 눈높이에 맞는 문장의 가벼움과 작가의 문체가 느껴졌다. 성인용 글과 동화의 차이를 필사를 해보지 않았으면 못 느꼈을 것이다.

글을 쓰면서 어떻게 하겠다는 생각을 하고 쓰는 게 아니라 끄적거리다 보면 몰입하게 된다. 글 쓰는 습관을 들이니까 밥 먹듯이 글을 쓰지 않으면 손가락이 심심해진다. 글 안 쓰고 멍하니 있으면 하루가 헛되이 흐르는 것 같다. 매일 글을 쓰고 있으니 힘들다는 생각보다 루틴이 되어 당연히 글을 쓰게 되고 한 시간 정도면 쓰면 수필 한 편 '얼개'가 나온다.

그렇게 글을 쓰기 시작해서 세 권째 책을 쓰고 있다. 첫 책을 쓰기 위해 자서전 대필 봉사도 하면서 5년을 준비했다. 그동안 준비해 놓은 자료가 있어서 20일 만에 책 한 권 분량 초고를 완성했다. '모소 대나무'처럼 무던히도 준비하는 과정이 있어서 첫 책을 출간한 뒤로 책 쓰는 기간을 단축하며 성과를 낼 수 있다.

두 번째 책은 1년 만에 썼다. 수강생들 과제물을 내주고 나도 한 편씩 썼다. 세 번째 책 초고는 4개월 만에 썼다. 책 한 권 마무리될 즈음 책 한 권 분량을 응모해야 하는 '우수 출판 콘텐츠 제작지원 사업' 모집 공고가 있었다. 응모해 보고 싶어서 잠을 줄여 가며 급하게 써놓은 책 한 권 분량의 글을 다듬어서 제출했다. 이렇게 '마감' 기한을 정해놓고 글을 쓰니 가속도가 붙어, 4개월 만에 책 한 권 마무리할 수 있었다는 게 놀랍다.

내 경우만 봐도 글은 마음먹고 실천하면 쓸 수 있다. 주제를 정하면 그 주제에 맞는 체험이나 실화를 쓰면 글이 재미있고 분량이 쉽게 해결된다. 어떤 사건을 쓰다 보면 등장인물의 감정을 쓰게 된다. 말보다 비언어적 소통이 93%라고 한다. 외국어나 수화(手話)를 못 해도 대화가 가능했던 기억이 있을 것이다. 비언어 표현에 많이 쓰는 도구는 감정이다. 감정은 등장인물의 결심, 행동을 나타내고 이야기의 흐름이 전개되는 '핵심 기제'가 된다. 작가가 쓴 감정의 흐름에 젖은 독자는 글 속에 젖어 마음이 요동치는 것이다. 감정이 없는 글은 주인공의 특징도 없고 주제 전달이 무미건조하다.

　마음이 심란할 때도 글을 썼는데, 걱정거리가 생기면 이런 걱정을 언제 무슨 일로 했던가, 글감을 떠올리며 심란한 마음에 대한 글 몇 줄이라도 써놓으면, 그 기분에 맞는 글을 쓸 때 도움이 된다. 내가 경험한 이야기는 반드시 독자에게 도움을 준다. 글쓰기는 낙서하듯 메모부터 시작하다 보면 생각지도 못했던 과거가 떠오른다. 가장 먼저 주제를 정하고 키포인트를 쓰면서 이야기를 만들어 가다 보면 써지게 되어 있다. 부족한 분량은 자주 수정하면서 채워나간다. 무엇이든 써보려는 마음가짐이 우선이다.

　사실대로 글쓰기에 몰입하다 보면 남이 읽든 말든 내 마음부터 시원하다. 말하기 어려운 사연일수록 쓰고 나면 마음이 가벼워져 걱정은 사라지고 나중에는 그 일에 대한 농담도 가능하다. 큰 변화 없는 일상에서도 글감을 떠올리며 '작가의 기쁨이 이런 것이구나!' 한 편의 글을 쓰고 있는 내 모습에 대견하다.

　"소리 없는 벌레가 벽을 뚫듯" "풀을 베는 농부는 들판의 끝을 보지 않는다."는 프랑스 속담에 따라 글 쓰는 재미에 빠지다 보면 '하찮은 세상일에 마음 쓸 시간이 없는' 즐거운 일상을 보내게 된다.

3

문장 수집도
생활에서 찾는다

"작가님 책 『탁월한 선택』을 진즉 읽었으면 내가 사기를 안 당했을
건데요. 책을 밑줄 쳐가며 읽고 있어요. 다시 점검하며 꼼꼼하게 한
번 더 읽어보려고요."

작가의 글에 감명을 받은 독자는 책을 읽고 공감하면서 글을 완성
한다. 내 책을 읽은 독자의 격한 반응을 만나면 반갑다. 누구나 있을
듯한 사소한 일이 글감이 될까 걱정했다. 그런데 누구나 겪었음 직한
보편적인 이야기가 독자에게 감동을 준다.

진땀을 흘리며 잠을 줄이고 책을 썼다. 부끄러움을 무릅쓰고 치부
를 드러낸 글이 누군가에게 살아가는 데 도움이 되고 아픔에 큰 위로
가 되었다는 것에 힘을 얻는다. 누구나 경험했음 직한 생활에서 나온

평범한 일상을 디테일하게 쓴 문장에 독자들은 환호한다.

명문장도 단어 하나부터 출발하는데, 하나의 제품이 완성되려면 수많은 부품이 필요하듯 글쓰기도 한 단어, 한 문단 잘 써서 배치하면 좋은 글이 된다. 독자들은 자기와 상황이 비슷한 구절이나 다중이 경험했음 직한 이야기에 공감한다. 한 줄의 글이라도 우리의 일상에 닿을 수 있는지를 생각하며 써야 평범한 사건에서도 특별한 울림을 주는 글이 나올 수 있다.

책을 읽다가 한 문장 강하게 와닿는 부분에서 멈칫하며 나도 모르게 밑줄을 긋게 된다. 무슨 뜻인지 그 의미를 헤아리게 되는 글이 있고, 모골이 송연해지는 전율을 느끼게 하는 글도 있다. 꼭 지원하고 싶은 곳에 '강사 모집 공고'를 지나쳐서 지원할 시기를 놓친 사람이 "안 본 눈 삽니다." 문장을 읽고 생각이 깊어진다.

농담 같은 '동음이의어' 평범한 말에 비범한 뜻을 가진 단어를 만나면, 뒤통수를 한 대 얻어맞은 듯한 울림이 온다. 소설이나 시를 읽다가 느낌이 오는 한 문장을 만나면 수시로 메모를 한다. 책을 읽다 머릿속이 환하게 밝아지는 때가 있는데, 생활에서 느낀 통찰력이 있어야 글감으로 온다.

'아, 나는 왜 이런 문장 하나 써내지 못할까?' 이런 글을 만나면 그대로 옮겨놓고 내 글로 '문장 대치'를 한다. 이런 글을 평소에 모아두면 책 쓰기가 쉽다.

"한 송이 국화꽃을 피우기 위해 봄부터 소쩍새는 그렇게 울었나 보다." 서정주 시인의 「국화 옆에서」를 "책으로 내 역사를 남기려고 지난겨울 글 쓰며 그렇게 외로웠나 보다." 대치 문장 해본다.

날마다 같은 아침도 구름 하나 놓인 자리에 따라 하늘의 표정이 매일 다르게 느껴진다. 깊은 겨울인데 장마가 올 것 같은 촙촙한 날씨를 만나는 때도 있다. 그런 날씨를 잘 메모해 두었다가 필요할 때 꺼내서 맛있는 문장 요리를 해본다. 글감이 재료라면 수필 쓰기는 '요리 솜씨'다. 좋은 재료로 맛있는 요리를 하기 위해 조미료는 어떤 것을 넣을지 많은 연구를 해야 한다.

글을 읽다 좋은 문장을 만나거나 '죽기 전까지는 절대 안 죽어!' 같은 창의적인 단어가 떠오르면 메모해서 보관한다. 문장 보관 방법은 '개인 밴드방'을 만들어 단어 하나라도 모아놓는다.

"종합병원 로비에서 사람들을 관찰해 보니 전부 다 글감으로 보였다." 수강생이 말했다. 병원이라는 특수한 환경이 보여주는 사람들의 다양한 표정을 포착해서 묘사를 해놓으면, 생활에서 느낀 통찰력을 글감으로 쓸 수 있다. 개인주의로 흐르면서 사람들은 말이 없어졌다. 사람의 의중을 읽으려면 잘 관찰해야 하는 시대가 되었다. 사람들의 행동을 보면서 그 이면의 생각을 읽어야 한다.

「불타는 트롯맨」에서 가수들이 노래 가사를 잘 드러내기 위해 가사에 맞는 감정을 나타내려고 비슷한 대사가 있는 드라마나 영화를 보며 가사에 심취하기도 한다. 노래 가사도 정확한 의미 전달을 위해 한 글자 한 글자 표현과 몸짓, 표정에 최선을 다하며 부른다.

"글에서 뜻을 전달하는 묘사가 중요한데 묘사란 비유 등 방편을 통해 정보를 살아 있게 전달하는 것"이라고 포털 사전에 쓰여 있다.

묘사와 비유가 정확해야 하고 '사적인 시점'을 쓸 때 타깃층을 좁힐수록 독자는 디테일한 표현에 빠져든다. 묘사는 본질에 이르는 관문이라고 할 수 있다. 대상을 객관적인 시선으로 바라보며 심리 묘사까지 세밀하게 써준다. 글을 쓰면서 묘사의 중요성을 잊는다면 그림을 그리는 과정에서 데생의 의미를 잊는 것과 같다. 묘사를 잘하려면 관찰을 잘해야 한다. 관찰을 잘하기 위해 허리를 낮추고 무릎을 구부리고 자세히 살펴야 한다. 걷다가 눈에 띄는 식물들을 자세히 살펴봐야 하고, 자연의 소리를 귀담아 들으며 언어의 그림으로 그릴 수 있어야 한다.

등장인물이 화가 나거나 고민이 있다면 글 속에서 감정적 반응을 묘사해야 한다. 등장인물 현재의 상황에서 만든 성격이 아닌, 등장인물의 성격과 과거의 일들을 충분히 알고 있어야 한다. 등장인물의 내면에 있는 심리 상태는 작가의 이해를 돕기 위한 감정 묘사에 도움이 될 수 있다.

'고민하다'를 묘사하면 '얼굴이 어둡고 골똘히 생각하며 옆 사람이 질문을 해도 엉뚱한 말을 한다. 깊은 한숨을 쉬거나 뒷짐을 지고 왔다 갔다 서성거린다. 힘없는 자세, 누가 부르는 소리에 움찔하고 손이 떨려 물건을 놓친다.'

'흥분되다'는 말은 '내가 달리기에 1등 했을 때, 이웃 마을 사람들까지 나서서 박수 치며 환호했다.' 이렇게 묘사하는 것이 문학적인 글쓰기다. 작가의 문학적인 표현에 독자가 동화되어 그 분위기와 감정까지 젖어 등장인물에 화를 내거나 측은한 생각이 들거나 감정 이입이 된다면 글은 이미 독자의 것이다.

문장 수집은 걸으면서 주변을 살피다 보면 뜻하지 않게 만들 수 있다. 전철이나 버스, 시장 사람들의 움직임과 표정에서도 문장을 찾을 수 있다. 유튜브나 길거리 간판, 카페에서 들은 사람들의 대화에서 지인이 뱉은 말 한마디, 화장실의 낙서에서도 글감의 아이디어는 있다. 감각의 촉만 세우고 있다면 문장 수집은 어디서나 가능하다.

유튜브에서 철학이나 인문학 강의를 듣더라도 '고사성어' 한 줄이라도 메모를 한다. 복잡한 지하철 안에서도 떠오르는 생각을 메모한다. 생소한 단어나 궁금한 말은 챗GPT의 도움을 받는다. 버스, 식당, 횡단보도에서 사람들의 말과 행동을 관찰해 보자. 아이디어가 포착되면 사소한 한 문장이라도 메모를 놓치지 말자. '기억을 잘하는 사람보다 키포인트라도 써놓은 희미한 연필 자국이 낫다.' 한다. 『강원국의 글쓰기』는 메모 천 개로 책 한 권을 썼다고 한다.

'티끌 모아 태산이라고 하루 한 닢이라도 천 일이면 천 푼이 되고, 먹줄에 쓸려 나무가 잘라지며, 물방울도 계속해서 떨어지면 돌에 구멍이 난다는 수적천석(水滴穿石) 하듯 문장수집도 생활 안에서 찾는다.'

글쓰기 영원한 초보

새로운 소재로 수필을 쓸 때마다 영원한 초보란 생각이 든다. 아동문학을 배우며, 수필 쓰기 강사로 가르치며 수강생들의 첨삭지도에 심혈을 기울이고 있다. 매 분기 나를 믿고 재수강해 주는 수강생들에게 최선을 다한다.

도서관에서 '아동문학' 수업 시간에 강사님이 "글쓰기란 무엇인가?" 질문이 있었다. 특이한 답이 몇 개 나왔다. '변비'라고 생각한다. 나는 마중물과 펌프라고 생각한다. 커피다. 거울이다. 거리 두기다. 같은 기발한 응답이 나왔다.

글쓰기 초보는 내 맘대로 안 써지니 변비에 걸린 듯 답답하고 커피처럼 쓴맛이 느껴지기도 하고 거울에 내 마음이 훤히 드러난 것 같을 것이다. 객관적인 입장에서 써야 하니, 거리 두기도 해야 하고,

글감을 끌어올리려 마중물도 부어야 하고 마중물이 빠지기 전에 펌 프질도 부지런히 해야 할 것이다.

수필 쓰기는 '알몸 보여주기'다. 문예창작학 전공, 국어국문학 부 전공했다. 과제물로 써 온 글을 읽고 비평을 하면 학우들은 자기의 치부를 보이는 것 같아 써 온 글을 발표하기 꺼려했다. 비평을 하고 지적을 받으면 빨리 배울 수 있겠다는 생각에 내가 쓴 글로 수업해 달라고 교수님께 말했다.

대학교 다닐 때 '수필 쓰기' 수업 시간에 오늘 학교 오면서 느낀 글 한 편씩 써 내라고 했다. 수업 시간 안에 글 한 편 완성한 사람은 몇 명 없었다.

매일 허겁지겁 학교 가느라고 집에는 치우지 못하는 짐이 쌓여 있 었다. 깨끗하면 우리 집이 아닐 정도로 누울 때 콧구멍 막지 않고 발 내디딜 공간만 있으면 되었다. 이런 상황과 학교 갈 때 A4용지에 인 쇄한 공부거리를 읽으면서 운전하고 학교에 간 이야기, 이런저런 상 념과 어릴 때 이야기를 썼다. 분량을 채우려고 이야기 중간에 다른 이야기를 끼워 넣은 액자식 글쓰기였다. 요즘 글쓰기 기법인 '키포인 트'로 연결하는 글쓰기와 현재, 과거, 현재의 경험을 자연스럽게 연 결한 것이다.

어르신 센터에서 강의를 한다. 이론서를 찾는 수강생에게 "이론을 너무 많이 알고 있으면 글쓰기 방해가 된다. 소설이나 수필을 많이 읽 으면 자연스럽게 써진다." 말하며 한 줄이라도 무조건 써 오라고 했 다. 수강생들 글을 읽으면 문학책을 많이 읽은 사람인지, 교과서 외우듯 정답 찾기 문제 풀이에 익숙한 사람인지 느낌이 온다. 비즈니스 글을 써왔던 사람은 자기가 공부한 습관대로 수필을 쓰려고 이론서만 찾는다. 수필은 이론을 생각하지 말고 무조건 써보는 사람이 빨리 는다. 무슨 글이라도 써놓은 글이 있어야 고칠 글도 있다. 문학책을 읽다가 마음에 드는 작가의 글을 필사하는 게 더 도움이 된다. 글쓰기를 배우는 것보다 좋은 책이 훌륭한 스승보다 나을 수 있다.

독자는 작가가 체험한 생활 글을 좋아한다. 글감을 모으려면 사람들 말을 듣는 법을 배워야 한다.

대학원 졸업 논문으로 방학 때 책 한 권 분량을 써서 제출했다. 논문 쓰는 과목 수업하기 전이었는데, 논문을 어떤 방향으로 쓸 건지 과제물을 제출하라고 했다. 마음이 급해진 나는 내가 쓰고자 하는 비슷한 '미대 소논문' 한 편을 베끼기를 했다. 구성이 짜여 있으니 문학을 전공한 나에게 식은 죽 먹기였다. 전공이 다르니 내용이 전혀 달라서 한 문장도 카피는 없었다.

80페이지 단편 소설 창작도 했는데, 자료가 있고 실기 경험이 있는 논문 쓰기는 소설 쓰기보다 쉬웠다. 교수님들께 논문 잘 썼다고 칭찬받았다.

수필 쓰기는 '입지전적' 인물이나 '고진감래' 같은 특별한 이야기만 쓰는 게 아니다. 하루 일상의 평범한 삶에 의미를 부여해서 한 편의 글에 독자에게 도움이 될 만한 나만의 이야기를 담담하게 써주면 된다. 베스트셀러로 만드는 것은 독자의 몫이다.

글쓰기 이론이나 문학책 읽기보다 삶을 관찰하는 내 생각을 쓰는 게 더 중요하다. 글을 쓰다가 막힐 때는 잠시 쓰는 걸 멈추되 생각은 멈추지 말아야 한다. 글이 안 써지면 그림을 그리거나 다른 취미를 하더라도 생각은 늘 글쓰기에 머물러야 한다. 걸어가다 글감이 떠올라 쓰기 시작하면 생각지도 않았던 과거의 기억들이 고구마 줄기처럼 따라 나오는 게 신기했다. 과거를 깨우는 신경세포를 건드린 것처럼 가만히 있을 때는 생각도 안 나던 추억들이 떠올라 책 쓰는 데 도움을 준다.

"'글에는 글쓴이의 지식과 교양이 담겨 있다. 너희의 글을 누군가 읽어본다면 너희가 깊은 사색을 하는 사람인지 천박한 사람인지를 바로 알 수 있다.' ○○선생님은 수시로 말씀하셨다." 수강생의 글이다.

절대 가난의 시대에 고등학교에서 대단한 문학 선생님을 만났다는 게 부러웠다. 저런 선생님을 고등학교 때 만났다면 나는 그때 문학의 길로 진로를 정했을 것이다.

"간결하고 정확하게 써라. 한 문장에 한 가지 주제만 써라. 어떤 사물을 제대로 표현하고 싶으면 바닷가의 모래사장에서 바늘 하나 찾듯 뒤져서 가장 적절한 단어나 글귀로 골라 써라.

'한 사물에 딱 맞는 표현은 오직 하나밖에 없다. 몇 번이고 강조하시고 글을 쓰고 나면 수십 번 읽어보며 고치고 또 고쳐 쓰라.'며 초고와 탈고의 기본을 가르쳐 주셨다."고 한다.

요즘도 귀명창이 되도록 강조하는 글쓰기의 기본은 철저하게 배운 듯하다. 학생들이 제출한 글쓰기 과제물을 현미경으로 관찰하듯 읽으면서 그 자리에서 바로 교정을 해주시면서 '잘 썼다 못 썼다.'라는 말은 안 했다고 한다.

나도 빨간 볼펜으로 첨삭지도를 직접 해주고 묘사가 부족한 부분이나 문단 배치를 바꾸기도 하며 첨삭지도를 한다. 글의 완성을 위해 첨가해야 할 '고사성어'나 '속담'을 찾아서 넣으면 수준 높은 글이 된다. 수강생 글을 읽고 한 문장이라도 잘 쓴 부분에서는 크게 칭찬을 한다. 야단을 치면 흥미를 잃어 아예 글쓰기에 손을 놓을 수 있다. 첫걸음 떼는 아이 다루듯 어렵게 배우는 과목에서는 흥미를 갖도록 용기를 줘야 한다. 가르치는 사람 때문에 그 과목에 트라우마가 생기면 안 된다.

수강생 중 한 명이라도 나의 글쓰기 지도를 감사하게 느끼기를 기대하며, 대학 다닐 때 애정 어린 문학 지도를 해주셨던 교수님들께 감사한 마음을 전한다.

"작가들의 글 쓰는 기법이 무엇인지 알고 싶다. ○○선생님께서 강조하신 '글을 쓰려는 자가 갖춰야 할 교양의 수준과 총체적 덕목'이란 무엇인가? 그리고 '책을 쓰려면 도대체 얼마나 깊은 사색이 필요한가?' 대한 해답을 얻지 못한다면 나는 그저 글쓰기 견습생 신세로 만족해야 할 것이다." 수강생의 생각이다. 글쓰기 수준이 다른 수강생들의 글을 읽으니 '잘못 가르쳤다가 따귀를 맞을 수도 있겠다.' 는 생각에 정신이 번쩍 든다.

챗GPT가 '글을 쓰는 세상이다.' AI 도구를 잘 활용해야 하는 시대에 '귀신 씻나락 까먹는 세상' 지식은 '유물'이 될 것이다.

'글쓰기의 영원한 초보로 남고 싶다.'는 수강생에게 말했다. 장미, 채송화, 국화꽃 모양이 다르듯 글 쓰는 사람도 각자 개성대로 쓰면 된다. 수필 쓰기는 창작이라 서로 다름을 인정하며 글을 꾸준히 써보라고 했다.

"나무는 꽃을 버려야 열매를 맺고 강물은 강을 버려야 바다에 이른다."『화엄경』의 말씀이 크게 와닿는다.

새로운 지식에
눈 비비고 덤벼야 얻는 게 있다

미디어 글쓰기 시간이었다. 수업 내용도 좋고 강사님 지식이 풍부하고 다양하게 연구해서 가르치는 분이었다. 줌(ZOOM)으로 수업을 들었는데, 열다섯 명 수강했는데, 하나둘 빠지더니 날씨가 좋은 5월에는 세 명만 수업에 들어왔다. 오프라인보다 온라인 수업은 수강생들의 수업 태도가 느슨하다. 귀한 강의를 성실하게 임하지 못한 수강생들이 많아 나는 참 미안했다. 강사는 수강생 인원에 따라 시간을 배정하고 수업 준비를 한다. 수강생들 결석이 많아서 미안하다고 내가 말하자, 강사님이 답했다.

"전에 유명한 분이 인문학 강의 개설했는데, 엄마들께 좋은 강의이니, 꼭 들어보라고 권했는데, 엄마들이 몇 명만 수강 신청해서 참 미안했어요." 인문학 강의는 알곡 같은 지식을 배울 수 있어서 학교에서 정규과정 수업 받는 기분이 든다.

초등생 미디어 글쓰기 강좌에 강사님 강의 기법이 특이해서 배울 점이 많았다. 강의할 때 수강생들에게 버킷리스트 소개하라고 한다. 강사부터 약력과 버킷리스트를 소개하고 수강생에게 하라고 한다. 매주 글감을 찾기 위해 다양한 방법으로 수업했다. 나는 일간지 신문을 수강생에게 가져오라고 했다.

"신문을 펴서 눈에 들어오는 키포인트 다섯 개를 찾으세요. 그것을 연결해서 글을 쓰세요."

나는 수강생들에게 광고를 보고도 키포인트 찾으라고 했다. 여행 다녀온 곳의 소식란에서 글감을 찾아도 된다. 키포인트 연결해서 글 쓰는 방법은 일반 사람들도 많이 이용하고 있다. 글감을 찾기 위해 광고, TV 연속극에서 글감 발췌하기, 글감을 찾는 비법에 대해 다양한 방법을 시도한다.

도서관에서 진행하는 북 큐레이션 강의를 들었다. 미술관 큐레이터가 그림 안내하듯, 북 큐레이션은 책에 대해 설명하며 안내한다. 처음에는 책을 그냥 읽으면 되지 꼭 안내를 받아서 읽어야 하나 생각했다. 북 큐레이터의 도움을 받으니 도서관에 가서 원하는 책을 빨리 찾을 수 있었다.

책을 고를 때 저자의 약력도 필요하다. 책의 저자는 자기가 경험한 깊이만큼 글을 쓸 수 있다. 평범한 회사원은 고위 임원이나 회장만 알 수 있는 이야기를 쓸 수 없다. 대학생은 대학교수의 역할을 쓸 수 없는 것과 같다. 책을 구입할 때 이런 것을 참고해서 구입하면 실수가 적다. 내가 책 제목만 보고 구입했더니 청소년 문학이었다. 그

후 집 가까운 작은 도서관에서 '상호대차'로 빌려서 읽어보고 구매를 한다.

'북 큐레이션' 수업을 들으면서 작가의 입장도 생각하게 되었다. 글 쓸 때 독자를 생각하고 쓰라는 말의 의미를 알았다. 저자는 글 쓰고 출판하고 판매까지 내 글이 독자의 손에 들어갈 때까지 생각하며 써야 한다.

북 큐레이션은 미술 관람 안내와 같다. 독자에게 맞는 책인지 설명하고 계절과 상황에 따른 책 읽기를 안내한다. 사람들이 처음 서점에 오면 어떤 책을 고를지 몰라 우왕좌왕한다. 북 큐레이터에게 안내를 받으면 시간도 절약되고 내가 어떤 책을 읽으면 좋을지 알 수 있다.

도서관에서 북 큐레이터에게 도움을 받는 것도 좋지만, 도서관에 가면 책 냄새를 맡아가며 손에 종이의 감촉을 감지하며 책을 고르는 재미를 느끼기에 아이 손잡고 서점에 가는 활동을 좋아하는 사람도 있다.

아이들에게 도서관 분위기와 책과 가까워지게 '도서관 가는 날'을 정해놓고 데리고 가면 아이가 도서관 가는 날을 좋아한다. 도서관까지만 함께 가서 아이가 어떤 책을 읽든 아무 간섭 안 하고 엄마는 따로 책 읽다 집으로 온다. 책 읽는 것보다 도서관 분위기에 만족을 느끼고 오기도 한다.

나이가 많은 사람들은 새로운 지식을 흡수하는 데 시간이 걸린다. 자기의 습관을 쉽게 바꾸지 못해 글쓰기를 포기하는 사람도 있다. 인터넷에 많은 정보가 있다고 소개해도 인터넷 검색을 기피한다. 자기가 살아온 습관대로 살고 싶어서 새로운 문화 습득을 거부하는 것이다. 새로운 글쓰기 방법을 찾으면 '낯설기를 자기화하는 습관'부터 들인다.

글 씨앗도
키워야
거목이 된다

1

글 쓰는 재주는
타고나는가

"강사님은 글 쓰는 재주를 타고났어요? 언제부터 글을 잘 썼나요?"

"책 읽기를 좋아했어요. 글 쓰는 재주를 타고난 게 아니구요. 글쓰기 연습을 하면 어느 정도는 쓸 수 있기에 글쓰기도 기술이라 할 수 있어요. 예술도 기술에서 나온다고 하니, 물론 타고난 작가도 있지요."

"아무래도 글 쓰는 재주를 타고난 사람이 써야 할 것 같아요."

"노력도 하지 않고 잘 쓰기를 기대하지는 마세요. 한창 젊을 때는 직장에서 많은 봉급 받고 다 써먹고 이순이 넘어 글쓰기를 시작하면서 연습도 안 하고 타고난 재주를 탓하면 그건 욕심이지요."

나는 초등학교 때부터 책 읽기와 어른들 틈에 끼어 귀를 쫑긋 세우고 이야기 듣기를 즐겼다. 많이 듣고 읽고 생각하는 것을 저절로 터득한 셈이다. 초등학교 다닐 때도 언니, 오빠들의 이야기를 들으며 성숙하게 자랐다. 형제들이 많아서 먹는 것부터 내 몫을 차지하기 위해 무의식 속 경쟁을 했다. 언니들이 부르는 유행가 가사도 많이 따라 부르면서 마음도 몸도 자랐다.

삼십 리 넘는 중학교를 가기 위해 새벽 네 시에 일어나 학교까지 세 시간씩 걸어 다녔다.

불 조절이 잘 안 되는 '곤로'에 밥을 해서 도시락 싸고 시간에 쫓겨 설익은 밥을 먹는 건 예사였다. 큰오빠 눈에 띄면 학교를 못 다니게 하니, 빨리 집을 나서서 학교에 가는 게 마음이 편했다. 초등학교 졸업이 최종학력으로 중학교 진학을 못 하고 농사짓는 친구도 많았다. 어려운 상황에서도 학교라도 다닐 수 있는 게 감사했다.

언니가 라디오 방송국에 사연과 노래를 신청하는 엽서를 써달라고 했다. 내가 써주면 채택이 되어 라디오에서 언니의 엽서를 소개를 해주니 언니가 무척 좋아했다. 동네 사람들까지 몰려와 편지 쓰기와 글쓰기를 부탁해서 내 손은 더 바빠졌다. 엄마는 나를 업고 기분이 좋아서 "우리 집에 문장가 났네!" 동네에 자랑하러 다녔다.

TV도 없던 그때 자기 몸체보다 더 큰 건전지를 등에 업은 트랜지스터라디오가 인기였다. 언니는 들판으로 트랜지스터라디오를 끼고 다니며 종일 농사일을 했다. 무전기처럼 생긴 흙먼지 쓴 트랜지스터라디오가 지금도 눈에 선하다.

초등학교 1학년 때 선배에게 책을 물려받았다. 책을 읽는데, 호랑이 그림이 없어서 호랑이가 어떻게 생겼는지 무척 궁금했다. 언니, 오빠 어깨너머로 글을 배워 학교도 가기 전에 교과서를 다 읽었다.

학교에 다니면서 동네 입구에 구멍가게 같은 '전빵'이 있었다. 그 집 아들은 나하고 같은 학년이었다. 그 남학생 아버지는 아들을 아주 귀하게 키웠다. 그 남학생에게는 학용품이나 가방 등 새롭고 신기한 물건이 많았다. 그 남학생 집에 가면 백 권짜리 동화 전집이 있었다. 그 동화책만 생각하면 입에 침이 꿀꺽 넘어갔다. 나는 그 남학생 가방도 들어주고 맛있는 과자도 사주고 학교만 파하면 그 집으로 달려가서 동화책을 빌려서 다 읽었다. 예쁜 공주와 왕자, 유럽의 성이 그려진 『백설공주』컬러 그림이 그려진 동화책은 나를 환상의 세계로 초대했다.

초등학교 운동회 날은 이어달리기, 줄다리기, 주머니 터트리기 대회를 했다. 어른들도 농사를 하루 쉬고 초등학교 운동회에 참가했다. 마이크에서 내 이름이 불리면 나는 학년 대표로 나가 엄마에게 꽃을 달아주었다.

달리기도 잘했던 나는 운동회 날이면 400m달리기 계주에서 1등을 하고 휙휙 날아다녀 아이들의 우상이 되었다. 운동회가 끝나면 학교에서 우리 동네까지 한 시간이 넘는 거리를 나를 업고 오면서 엄마가 말했다.

"공부도 잘하고 달리기도 잘하는 너 보는 재미로 내가 학교에 간다."

아버지도 일찍 돌아가시고 없는데 엄마의 유일한 희망은 아이들이 말 잘 듣고 공부 잘하는 것이었다.

서울에 올라와서는 엄마가 이모에게 편지를 써달라고 했다. "기차의 기적 소리만 들어도 네가 보고 싶어 고향으로 달려가고 싶다." 그런 내용으로 편지를 써서 읽어주면 엄마는 "어쩌면 내 마음을 그렇게 잘 썼냐?" 처음에는 내가 엄마의 편지를 대필하고 있다는 생각을 잊고 "나도 이모가 보고 싶어요." 썼다가 내용을 바꾸기도 했다.

문법을 몰라도 글쓰기 대회에서 상을 받았다. 아마도 책을 읽으면서 문법이 자연스레 숙지된 듯했다. 글쓰기 대회에서 글을 쓰면서 서사에 따라 묘사와 비유를 어느 정도 분량으로 써야 할지 몰랐다. 고등학교 국어 선생님께 물어보면 내 글을 읽어보고 그 정도면 됐다고 응모하라고 해서 입상을 했다.

독자를 설득하려면 아주 구체적으로 써야 한다. 그러려면 관찰력이 좋아야 하고, 관찰력은 숨어 있는 1cm를 찾는 매의 눈으로 순간 포착 해서 써야 한다. 풍부한 묘사는 독자와 현장에 함께 있는 듯한 안내를 하게 된다.

추측해서 글을 쓰다 보면 엉성하고 남의 다리를 긁는 기분이 든다. 친구에게 이야기하듯 글을 쓰면 구성은 갖춰진다.

내 글을 누가 읽을 것인가 독자를 정해놓고 쓰면 용어 선택 수준을 정할 수 있다. 대상을 구체적으로 하고 내용을 거기에 맞춰서 쓴다. '블로그'에 올린 내 글이 의사와 관계없이 공개되더라도 오해를 일으킬 내용은 없는지 점검한다.

초고를 한 장 정도 얼개를 써놓고 수시로 고친다. 초고만 올려놓을 때는 내가 봐도 이게 글인가 하는 의심이 들지만, 글은 살아 있다. 초고를 써놓고 수시로 들락거리면서 수정하다 보면 한 편의 수필의 꼴이 갖춰진다. 글 씨앗도 아이 키우듯 정성을 다해 키워야 거목이 된다.

퇴고는 어떤 기준으로 고치는가. 한 가지 주제를 쭉 쫓아서 썼는가. 빠진 내용 점검하고 읽고 문맥만 통하면 군더더기는 덜어낸다. 문단에 맞는 적확한 표현과 맞는 단어를 찾아 쓴다.

현재, 과거, 현재로 공간을 넘나들며 문장과 문법은 어색하지 않은가 본다. 문장이 너무 긴 것은 주어 서술어의 위치를 가깝게 하거나 비문이 안 되도록 수정한다. 고칠 때 문맥의 흐름, 한 문장에 같은 단어가 겹치지 않도록 비슷한 말을 사전에서 찾아 써준다. 문장의 흐름에 맞는 적절한 속담이나 고사성어를 넣어주면 글이 활기가 돈다. 들여쓰기, 띄어쓰기, 오·탈자, 문장 부호는 제대로 썼는가 본다. 마무리되면 꼭 소리 내서 읽어보고 매끄럽게 안 읽히는 부분은 어순에 맞게 고친다.

글쓰기 책의 대부분 같은 의미를 다른 각도에서 친절하게 해석하며 안내한다. 글 쓰는 재주를 가지고 태어난 사람이 잘 쓰는 게 아니다. "팔준마라도 주인을 못 만나면 삯마로 늙는다." 속담이 있다.

날마다 글쓰기를 실천하면 팔준마를 부릴 정도 실력이 붙는다.

2

밴드방에서
수필 씨앗을 건지다

밴드방이나 카톡방에 올라온 글이 수필의 씨앗이 되기도 한다. 글 쓰는 재주는 뱃속부터 갖고 태어나는 게 아니다. 또 나만 글을 쓰는 게 아니라 SNS에 올라온 글에 답을 하다 보면 한 편의 수필 씨앗이 되기도 하므로 무슨 글이든 날마다 꾸준히 읽고 써보는 게 왕도다.

밴드, 카톡 등 남의 글 읽고 하트를 눌러주거나 단어 몇 개라도 댓글을 써주는 정성에서 수필 쓰기가 시작되는 경우도 많다. 처음 써 보는 글이니 문법이 안 맞고 잘 못 쓴 글도 있을 수 있다. 엉성한 내 글에 하트만 눌러줘도 감사했던 기억이 있을 것이다. 카톡이나 밴드 방, 블로그에 글을 올리면 읽어주기만 해도 고맙다. 표정 누르고 댓글 달면 더욱 고맙고 감사하다. 시인도 작가도 아닌데, 글이 울퉁불퉁할 수밖에. 한글로 쓴 말이니 서로 공감하고 소통이 된다는 게 신기하다. 전혀 모르는 사람들이 온라인에서 소통하며 마음의 문을 연다는 것은 대단한 일이다.

스마트폰 처음 샀을 때, 휴대폰 통화 기능만으로도 감사했다. 스마트폰 나오기 전에 '삐삐'로 연락을 취하던 때가 있었다. 손바닥 반 정도 크기의 까만 기기에서 연락할 번호가 오면 "삐삐" 소리가 나서 이름을 삐삐라고 불렀다.

지금 우리는 스마트폰 없으면 세상이 정지된 기분을 느낀다. 누워서도 스마트폰으로 수필 한 편은 거뜬히 쓴다. 가족들 번호를 기억하기 위해 메모지를 일일이 가지고 다니지 않아도 된다.

스마트폰 기능만 믿고 편하게 살다 보니 배우자, 자녀의 전화번호 하나 기억 못 하고 점점 바보가 되어간다. 여행을 갈 때도 커다란 전국 지도를 가지고 다니며 길을 찾아갔다. 지금은 내비게이션이 길 안내를 해준다. 스마트한 기기들이 스마트한 세상을 만들어 가니, 사람은 바보가 되어가고 있다.

머리만 바보로 만드는 게 아니다. 스마트폰 안에서 세상이 운영되니, 사람 몸도 바보가 된다. '앱'을 이용해서 은행 일도 보고, 버스 예약도 한다. 필요한 물건이 있으면 다른 나라에 있는 물건도 온라인으로 구입하니 편리하고 참 좋은 세상이다. 하지만 몸은 움직이지 않게 되면서 망가지고, 머리로 생각하지 않아도 되니 멍청이가 되어간다. 나이 들수록 일부러 일을 만들어서 움직이는 게 건강 수명을 늘리는 비결이다. 돈만 가지고 사는 세상이 아니다. 공부도 젊을 때부터 꾸준히 해야 나이 들어서도 계속할 수 있다. 계속 일하고 공부하면서 살아가겠다는 마음가짐으로 대학원 입학원서를 냈다. 나이 때문에 공부가 어려울 것이라고 걱정할 시간에 '오늘이 제일 젊은 날'이라 오늘부터 하면 된다.

책 읽고 글 쓰면서 과거 속에서 추억을 길어 올리며 기억력을 회복시킨다면, 이것보다 더 좋은 치매 예방이 없다. 우리가 살아가는 이야기를 온라인으로 소통할 수 있다는 게 기적이다. 오늘 아침 출근하다가 빙판길에 넘어진 이야기도 좋고, 어젯밤 스마트폰으로 게임하느라 늦잠 자다 회사에 지각했다는 이야기를 써도 좋다. 걷다가 고양이, 나무, 꽃에게도 말 걸어보고, 교회, 사찰, 성당에도 들어가 기도해 본다.

술 먹느라 바빠서 카톡에 글 한 줄 못 올렸다 해도 좋다. 「연안부두」 노래 가사처럼 "어쩌다 한번 오는 저 배는 무슨 사연 싣고 오길래 오는 사람 가는 사람 마음마다 설레게 하나……." 어쩌다 한 번이라도 카톡에 글 올려, 소식 전하면 기억력도 좋아지고 정신건강에 활기가 넘친다. 머리도 쓰고 손가락도 움직이는 것이 기억력 회복에 많은 도움이 된다.

대학 다닐 때 교수님 아카데미에 '시'를 배우러 다녔다. 기성 시인들과 공부를 하니 내가 대학생이고 새내기라는 사실을 잊고 시 한 편 제대로 못 쓰고 있어서 너무 화가 나고 심한 열등감에 시달렸다. 문학기행을 가서 시를 써서 냈는데, 그날 비가 구성지게도 왔다. 기성 시인 한 분이 비 오는 풍경을 스케치하듯 시로 썼는데 그 풍경이 어휘력 몇 단어로 확 살아나는 것이었다. '똑같은 눈으로 본 풍경인데, 나는 왜 기성 시인 같은 생각을 못 해냈을까.' 머리를 쥐어뜯으며 '나는 시를 쓰는 재주가 없나 보다.' 낙담했다. 그 경험이 오랜 시간이 지난 지금도 편하게 '시' 쓸 엄두가 나지 않게 한다. '지독한 열등감은 성공의 발판'이라는데, 아직도 시 쓰기를 덤비지 못하며 열등감을 못 벗어나고 있다.

책을 많이 읽은 사람은 글쓰기가 쉽다. "독서는 정신적으로 충실한 사람을 만든다. 사색은 사려 깊은 사람을 만들고 확실한 사람을 만든다." 벤저민 프랭클린의 말이다. 책을 읽다가 내가 경험한 일이 연상되는 한 문장을 만나면 글 씨앗이 발아를 하며 연상 작용을 일으킨다. 글쓰기는 발상이 아닌 연상 작용으로 점철된다. 거기에 나의 체험적 깨달음을 녹여 넣으면 또 한 편의 수필을 쓰게 된다. 문장을 읽을 때 후루룩 읽지 말고 한 단어 한 단어 천천히 뜯어가면서 읽는다. 특히 글 쓰는 사람에게 속독은 시간 낭비다. '슬로 리딩' 음미하며 읽을 필요가 있다.

생활에서 글감을 찾으려는 하루는 디테일하다. 대학을 졸업한 고희를 넘긴 이웃 사람이 있다. 학교 졸업 후 공부를 안 하니 고학력이 무색하다. 세상살이의 '이치'에 대한 바른 판단도 못 하고 시류에 휩쓸리며 산다. 사람은 공부에 손을 놓는 순간 배운 지식은 유물이 되어버린다. 배운 지식도 계속 영양분을 공급하려면 공부를 멈추지 말아야 한다.

"미련한 자는 자기의 경험을 통해서만 알려고 하고, 지혜로운 자는 남의 경험을 통해서도 알려고 하고, 남의 경험도 자기의 경험으로 여긴다."라는 프루드의 말이 인상적이다.

3

샘물도
부지런히 펌프질해야 올라온다

"입력이 있어야 출력이 있다. (중략) 남들과는 다른, 사람들
의 호기심을 불러일으키는 이야기가 많은 게 좋다. 그 이야기를
갖고 놀기를 좋아해야 한다. 내 얘기를 하고 남의 이야기를 듣고
얘기에 살을 붙이는 과정을 좋아해야 한다. 그래서 쉬운 인생보
다는 힘든 인생을 산 사람들이 글쓰기에 유리하다."

『당신이 누구인지 책으로 증명하라』, p.66

'수필가는 말의 융합 디자이너다.' 글 쓰는 작가라 격하게 공감이
간다. 어떤 사건을 만나면 사건 중심으로 글을 쓰는 사람은 기자다.
작가는 '해석중심'으로 글을 쓴다.

손자 육아를 할머니가 해주면서 육아법 문제로 딸과 다툼이 있다면 육아를 그만두게 된 큰 사건부터 도입부에 쓴다. 사건이 벌어진 순서대로 쓰다 보면 독자는 진이 빠진다. 길에서 싸움 구경을 해도 큰 소리 나는 곳에 사람들이 구경하러 간다. 수필을 쓸 때도 큰 다툼을 도입부에 대화체로 쓰면 독자의 시선을 끌 수 있다. 주제가 될 큰 사건을 맨 뒤에 몇 마디만 쓰는 수강생도 있다. 손자 육아를 하지 않겠다고 마음먹은 것이 이번만은 아니다. 큰 싸움이 일어나기 전에 육아 문제로 작은 부딪힘이 있어서 기분 나쁜 일을 차례로 나열한다. 첫 문단에 시제를 따지지 말고 큰 사건부터 쓰고 작은 사건은 본문에 적절하게 배치한다. 누구나 겪을 수 있는 보편적인 이야기는 이미 독자가 머릿속에서 답을 찾으니 글의 완성은 독자에게 맡긴다.

어릴 때 나는 동네 아주머니들 틈에 끼어서 구수한 이야기를 많이 들었다. 어른들이 모여서 떠드는 이야기를 듣다 보면 어느새 내 마음은 다 자란 듯 내면의 세계가 성숙해 있었다. 절대 가난의 시대, 교과서도 부족해서 선배에게 물려받아 공부하던 때였다. 밀가루 포대를 잘라 공책으로 쓸 정도로 아껴 써야 했고 연필을 깎고 깎아 몽당연필 쓰는 것을 당연하게 생각했다. 마을에 한두 집 유행을 빨리 접하는 집이 있었다. 전기도 들어오지 않은 오지에 트랜지스터라디오만 한 TV가 있는 집이 있었다. 그 집에 모여서 시청을 하다가 건전지가 닳으면 아쉬움을 뒤로하고 밤하늘의 별을 보며 집에 왔다.

'우리가 살아온 삶의 역사가 문학'이라는 생각이다. 책을 읽어야 글을 쓸 수 있다. 책을 안 읽고 글을 쓰겠다는 것은 연료도 없이 차를 가지고 도로에 나가는 것과 같다. 집필에 필요한 재료, 잘 단련된 생각, 다양한 주제를 탐사하고 그 주제에 대한 재료를 모으는 데 많은 정성을 기울여야 한다. 책을 대강 읽으면 읽은 내용이 금방 사라진다. 시간이 조금 지나면 그 책을 읽었는지 기억이 안 날 때도 있다. 책을 읽고 난 후 중요한 곳 기억하고 싶은 부분, 소개하고 싶은 부분을 필사한다. 본인의 생각대로 개작하면 품위 있는 내 글이 된다. 지식은 나이 먹고 시간이 지날수록 까먹는다. 그래서 자꾸 배워서 써먹고 다양한 분야 저장 창고를 만들어 통합적인 글로 설득할 수 있어야 한다. 감명받은 책을 읽다 보면 메모 분량이 많다. 저자의 생각과 내 느낌을 잘 버무려서 색다른 창작을 하는 것이다.

글쓰기도 요리 재료처럼 준비를 해두면 써먹을 때가 있다. 좋은 글을 쓰기 위해 자신만의 지식 창고를 다양하게 만들어야 한다. 내 지식 창고를 풍부하고 신선한 재료로 가득 채우자!

대학 다닐 때 다섯 명이 한 조로 '영화 시나리오 쓰기' 과제물이 주어졌다. 시골에 살인 사건이 일어났는데, 30년쯤 지나 그 사건이 해결되었다. 경찰이 첫 부임으로 살인 사건에 참여했는데, 정년퇴직할 때 해결하게 된 이야기가 '영화 시나리오' 과제였다. 그 시대 서사를 쓰고 시대와 공간, 분위기에 대한 묘사를 세밀하게 살려내는 게 힘들었다. 젊은 학생들이 써 온 과제는 등장인물이 거의 20대였고 40대는 과장님 한 사람이었다. 경험이 없으니 서사에 적합한 인물 배치가 부족한 글을 쓸 수밖에 없었던 것이다. 현역들은 수필을 쓸 때도 서사보다 다양한 미사여구를 붙여 묘사로 재주를 부리는 수필을 썼다.

어쩔 수 없이 영화 시나리오 과제물은 내가 다 해서 교수님의 칭찬을 받았다. 영화가 될 만한 잘 쓴 시나리오가 나오면 교수님이 상금을 준다고 했는데, 문예창작학과 학생들에게 교수님이 떡볶이를 사주는 것으로 대신했다. 영화 시나리오를 머리를 싸매며 썼는데, 다른 사람이 비슷한 영화 시나리오를 먼저 발표해 버린 적도 있다고 한다. 사람들이 비슷한 생각으로 영화, 시나리오를 써서 중복될 수도 있으니 시대에 맞는 글은 시간 선택을 잘해서 책도 써야 한다.

수강생들이 어려워하는 건 글감 찾기다. 글감은 책, 영화, 친구 이야기, 일상생활의 모든 사물 등 아무 데서나 나올 수 있다. 과거를 떠올리면 학창 시절 기억나는 단어를 키포인트를 써보면 수필 한 편을 쉽게 쓸 수 있다. 책을 많이 읽고 다양한 경험을 많이 한 사람일수록 글로 쓸만한 씨앗이 많은 것이다. 한가한 시간이 많으면 우울증에 걸리거나 신체적으로 더 아프다. 바쁘게 살다 보면 남이 내 흉을 보든가 말든가 들을 시간도 없다. 그런 말은 바람에 다 흘려버리고 그 시간에 공부하며 나에게 투자했다. 그 사람들의 평가에 의연하게 대처하는 것이 내가 성장하는 디딤돌이다.

지나온 삶의 경험은 글쓰기의 마중물이 된다. 마중물을 부었으면 부지런히 펌프질을 해야 멋진 글의 샘물이 쑥쑥 올라온다. 살아가면서 얻은 지혜와 책에서 얻은 지식을 융합하고 내가 경험한 삶을 글감의 마중물로 삼는다.

"새로운 경험으로 사고가 한 번 확장하면 결코 그 이전의 차원으로 돌아가지 못한다."는 올리버 웬델 홈스의 말처럼 직접 경험이 생생한 경험의 확장을 글로 쓴다.

4

인간의 향기를 담은 글

한 편의 글을 쓸 때 작가는 많은 고민을 하게 된다. 내가 쓰려는 글과 마음의 동기화가 되고 주제에 따라 생각이 흘러가야 술술 읽히는 글을 쓸 수 있다. 속담이나 고사성어로 초고 얼개를 써놓아도 분량도 부족하고 엉성하기 짝이 없다. 이게 제대로 된 수필이 될까 싶어 지워버리고 싶은 마음을 꾹 누른다. 초고에 매달린 집념은 화초 가꾸듯 한다. 화초도 물을 주고 꽃 피기 시작할 때는 영양제도 줘야 향기를 품듯 글쓰기도 초고를 수시로 들여다보며 고치고 부족한 부분은 보충한다.

'초등학생 5학년이 읽어도 이해될 정도로 쉽게 쓴 글이 좋은 글'이라고 한다. 수필은 쓰면 쓸수록 어렵게 느껴진다. 글 쓰는 즐거움에 취해서 멋모르고 쓰던 때는 상상도 못 했던 고통이다.

책을 급하게 쓰고 나니 잘 읽히는데, 문학성이 부족하고 품위가 없는 것 같다. 임팩트하고 보편성이 있게 쓰려니 글쓰기가 더 망설여지는 것이다. 한 편의 글을 완성하기 위해 많은 생각을 하고 문장에 맞는 적확한 어휘를 찾기 위해 고민을 깊게 한다. 초고를 아무리 다듬고 문장을 보충해도 써놓은 수필이 미흡하게 느껴진다. 그래도 계속 글을 쓰려고 하는 것은 신에게 '글 내림'을 받은 사람처럼 안 쓰면 고통스럽기 때문이다. 그 고통을 견디며 책을 출판했을 때의 희열은 무엇과도 바꿀 수 없는 성취감을 느끼게 했다. 글을 쓰다 보면 작품 속으로 빠져들어 시공간을 넘나들며 현실을 초월하기도 한다. 먼 옛날의 즐거웠던 시절로 돌아가 울고 웃으며, 기억 속의 친구, 엄마, 형제들과 행복했던 시간에 빠져 한바탕 논다. 그러면서 내 기억 속에 독자를 초대해 함께 공감하는 기쁨을 나누는 것이다.

작가마다 사물을 보는 관점과 해석이 다르다. 작가의 개성과 문체를 읽을 수 있는 글이 좋다. 문장을 표현할 때 문체는 문투로 작가의 기질이나 성격이 드러난다.

그림 그릴 때 어느 각도에서 보는가에 따라 같은 사물도 전혀 다른 작품이 나올 수 있다. 글을 쓸 때도 사물의 겉과 속을 바라보는 눈길이 다르다. 작가의 성향에 따라 물체를 해석하는 기준이 다르게 표현된다. 개성적으로 쉽게 글을 써도 독자의 공감을 얻지 못하면 의미 없는 글이 되고 만다. 좋은 글은 독자를 시간 낭비하게 하지 않는다.

감수성이 예민한 사람은 생각이 깊다. 식물이나 고양이에게도 말을 걸어보고 대화를 나누어 본다. 작가가 체험이 많고 지식이 풍부하면 어휘력이 달라진다. 작가는 아픈 기억을 먼저 풀어내면 마음이 가벼워져 다음 글쓰기가 편하다. 자기의 이야기를 다 써야 철학적, 관념적 이야기를 쓰게 된다. 상상력을 동원하고 세밀한 관찰력, 삶을 대하는 깊은 생각으로 다양한 문장력을 구사할 수 있도록 끊임없이 연마해야 한다. 수강생들이 과거를 쓸 때 사실을 써야 한다는 말에 고민스러운 듯 '기억이 잘 안 난다, 잘 모르겠다.' 있는 그대로 쓴다. 또 대화체를 쓰라고 하니까 혼자 묻고 답한다. 대화 상대의 표정을 살피면 내 질문에 긍정하는지 부정적으로 생각하는지 느낌이라도 답으로 써야 한다. 대화체라고 혼잣말을 쭉 늘어놓으니 독자는 이해가 안 되고 답답하다.

사실을 쓰는 수필이지만 과거, 현재, 미래도 가독성을 위해 상상을 더 해서 글을 써야 한다. 상상이 안 되면 그 시대 신문을 찾아보거나 인터넷으로 그 시대 사회 분위기를 읽어보면 쉽게 묘사할 수 있을 것이다.

수필은 첫 문장이 어렵다고 한다. 서두는 주제를 담고 있으며 독자의 시선을 끌어당기는 첫 문장으로 쓴다. 책에서 읽은 문장을 발췌해서 첫 문단으로 하면 이야기 끌고 가기가 편하다. 서두를 뭘로 해야 좋을지 고민스러울 때, 수필 쓰기에 대한 책을 읽어보면, '서두는 독자의 눈길을 사로잡고 끝까지 읽도록 짧게 쓰라.'고 한다. 또 '독자가 흥미를 느끼도록 간결하게 쓰고 주제를 담고 있는 상징적인 의미로 시작하라.'고도 한다. 쉽지는 않지만 첫 문단 방향을 잡는 데 필요한 말이다. 두 번째 문장은 첫 문장을 부연 설명해 주는 글을 쓴다.

수필은 첫 문장과 끝 문장이 중요하다. 마지막 메시지가 첫 문장의 발걸음을 결정한다. 수필이나 소설의 끝부분에서 가슴을 탁 치게 만드는 명문장은 울림이 크다.

"가장 좋은 시작은 호기심 있는 자극이 좋다. 하고 싶은 말의 복선 깔기, 고사성어, 최근 사건에서 인상적인 일화 소개나 통계, 수치를 제시해 관심을 끌거나 글의 배경 설정을 할 수 있다. 정직하게 시작하거나 정의를 내리거나 주제를 써도 된다. 뒤통수치기, 반전이나 TV 광고처럼 꼬리를 다는 것, 궁금증을 푸는 것, 결론부터 쓰는 것, 내 글을 총평으로 시작할 수도 있다."라고 강원국 씨도 말했다.

첫 문장에서 언급했던 주제를 끝 문장에서 한 번 더 상기시키면서 의미 있는 메시지가 들어가면 좋다. 물결처럼 은은한 감동이 담긴 결말은 가슴에 남는다. '작가의 농축된 의미와 사상이 담긴 결말'은 독자의 가슴에 남은 명문장이 될 것이다. 수필 한 편 시작할 때마다 결말이 생각나지 않으면 아예 글을 안 쓴다는 작가도 있다.

퇴고한 수필이 책으로 나온다. '초고보다 퇴고에 목숨을 걸어라.' 할 정도로 글 고치기의 중요성을 알 수 있다. 수필은 사실을 쓰기에 글 쓴 작가와 동일시되어 글에서 작가의 인품이 느껴진다. 수필을 쓰려면 문장 수련을 꾸준히 하고 지식과 교양을 겸비하고 바른 삶을 살도록 노력한다.

"여의도에서 사람들이 먹다 버린 음식으로 허기를 채우던 비둘기도 도시의 한구석을 장식하는 평화로운 새였다. 그때 비둘기들은 연줄에 걸리거나 연줄에 말려서 발목이 잘려나가거나 다리를 절었다. 마치 그런 비둘기처럼 파리하게 고통스러운 병을 앓던 화자는 마음을 굳게 먹고 병과 맞서기로 한다. (중략) 연실로 고통을 받고 비둘기를 치료하고 먹이를 주고 119를 부르고 비둘기를 돌보면서 다시 하늘로 날려 보낸다."

이정자, 『문학고을』, 「하얀 비둘기를 어디로 갔을까」 봄호 심사평, p.747

이정자 씨 등단작처럼 작가에게 체화된 인품이 좋은 글, 문학성 높고 인간적 향기가 뿜어져 나온 글이 나온다.

글 쓸 때마다 인문, 철학, 심리, 문법 등 공부거리가 많다. 진실한 마음으로 사실을 쓰며 독자의 가슴에 명언으로 오래 남을 '인간의 향기를 담은 글'을 쓰기 위해 오늘도 내재된 동기화를 찾으며 작가는 고민한다.

5

화룡점정은
작가로 등단하는 지름길

"문학신인상 당선됐어요!"

"정말요? 축하해요."

종합병원 로비라는 것도 잊고 큰 소리로 전화를 받고 있었다. 수납직원에게 카드로 계산하고 처방전을 받은 종이를 가방에 구겨 넣고 병원 문을 나섰다. 발이 흥분한 듯 걸음이 빨라졌다.

등단한 수강생은 방송통신대학교 국어국문학과 졸업했다. 고전문학 등 국어국문학과 공부하느라고 글쓰기를 많이 못 배웠다면서 등단하고 싶다고 했던 말이 떠올랐다. 산수(傘壽)의 나이에 방송통신대학교를 졸업한 것도 대단한데, 공부의 열정을 놓지 않고 글쓰기를 하는 모습이 존경스러웠다.

등단 작가는 문예지 '밴드방'이나 카페에 가입하라고 카톡이 왔다.

'링크'를 타고 들어가니 나이 제한에 걸려서 가입을 못 했단다. 등단한 작가가 가입해야 되는데 내가 먼저 가입하게 되었다. 그래서 신인상 받은 사람이 나이 제한에 걸려서 못 들어오고 있다고 밴드방에 댓글을 올렸다. 수명이 길어진 시대에 나이에 대한 개념을 달리해야 한다고 글을 썼다.

"UN이 재정립한 '평생연령 기준'이 있다. 0세~17세까지 미성년, 18세~65세까지는 청년, 66세~79세까지는 중년, 80세~99세까지는 노년, 백 살 이후는 장수 노인이라 합니다. 문학계에서 등단이나, 밴드방, 카페 가입에 나이 제한은 없었으면 합니다. 작가는 한 글자, 한 글자 독자를 위해 글을 씁니다. 많은 사람들이 문인들의 글에서 위로를 받고 힘을 얻고 있습니다."

나이 많은 사람에게 작가의 길을 열어준 주최 측에 감사했다. 문화센터나 평생교육원에서 종심만 지나도 나이 든 사람들에게 수강을 못 하게 교육받을 기회를 제한한다고 한다. 나이 많은 어르신들을 가까이 안 하려는 젊은이들이 많다. 나이 들수록 행동이 굼뜨고 말귀를 못 알아듣고 자기의 주장이 강하다는 생각에 이해는 간다. 그래서 공부하면서 늙어가는 시기를 늦추며 사는 게 좋다.

등단할 작품 결말에 임팩트 있게 문학적으로 표현하라고 했더니, 자기의 경험이니 느낌대로 쓰겠다면서 밋밋하게 써 놨다. 재차 수정하라고 또 말했다. 한 문장 잘못 배치되어 미묘한 차이로 최종심까지 올라갔다가 떨어진다. 「불타는 트롯맨」에서 가수가 노래를 기가 막히게 부르는데, '가사'가 틀려서 점수가 낮게 나왔다. 심사위원들은 하나라도 실수하는 것을 잡으려고 혈안이 된다. 노래 가사가 틀렸으니 낮은 점수에도 수긍을 하는 것이다. 학생들 성적 줄 때 아무리 공부 잘해도 결석을 하면 최고 점수를 줄 수 없는 것과 같이 문학신인상도 점수를 주는 규칙이 있다. 문장 부호, 띄어쓰기, 맞춤법 등 기본적인 것을 잘 지켜서 기본점수를 확보해야 한다.

수강생이 열심히 수업 듣고 글만 잘 써 줘도 고마운데 작가로 등단까지 하다니 강사로서 보람을 느끼는 순간이었다. 1분기부터 글을 잘 쓰는 수강생들이 들어와서 활기가 넘치는데, 학습 분위기가 더 뜨겁다. 수강생들이 책 출판이나, 등단하게 끌어주는 게 강사의 역할이다. 처음 글쓰기 수업에 들어오는 사람들은 내가 해낼 수 있을까? 많이 망설인다. 함께 등록한 수강생이 "강사님이 등단시켜 주세요." 주문하듯 한 말이 무거운 책임감을 느끼게 했는데, 뭔가 숙제를 하나 해결한 느낌이다. 실력이 부족해도 등단을 하고 글을 쓰면 실력이 쑥쑥 자란다. '등단작가' 이름표를 달고 수필을 쓰면 책임감 때문에 더 잘 쓰려고 노력한다.

수강생들에게 신인상 응모해 보라고 늘 권한다. 응모 글을 연습하다 보면 글이 훨씬 좋아지기 때문이다. 글은 갈고닦을수록 매끄럽게 술술 익힌다. 잘 쓴 글은 퇴고를 잘한 글이다.

성질 급한 내가 연초부터 빨리 신인상 응모해 보라고 했더니 주저주저했다. 마감 날짜가 하루 남았으니 빨리 준비해서 보내라고 자꾸 보챘다. 나는 잠을 못 자고 기다리고 있는데, 마지막 퇴고를 제대로 하고 있기나 한지, 옆에 없으니 마음이 답답했다. 기간 안에 응모 못 할까 봐 내가 더 마음이 달아서 빨리 응모하라고 시간을 다투며 재촉했다. 아직 자격이 안 된 것 같다며 '괜히 등단하고 싶다고 했나.' 생각이 들어 도망가고 싶었다고 한다.

등단한 수강생 글을 처음 읽을 때가 생각난다. 한 편은 응모하느라고 여러 번 수정했는지 구성력은 부족해도 글이 매끄러웠다. 또 한 편은 수필은 잘 썼는데, 구성을 바로 잡아주고 묘사를 해놓은 글에 화룡점정만 찍으면 될 것 같았다. 구성을 맞추고 인과응보가 느껴지게 묘사로 그 부분을 살리라고 했다. 수필을 쓸 때 글을 읽을 독자부터 생각하고 써야 한다. 자기가 느꼈던 기분대로 쓰겠다고 또 고쳐놓았다. 단어 하나가 큰 역할을 할 수 있게 다시 극적 효과를 잡아줬다. 절정에서 밋밋하면 극적 효과가 없으니 문학적 기법을 살리라고 강하게 말했다. '화룡점정'이 부족해서 미세한 차이로 신인상에 떨어질 수 있다.

문학상 주최 측이 국어국문학과나 문예창작학과 출신은 가산점이 있다고 공지했다. 글쓰기 기본이 돼 있고 계속 글을 쓸 작가를 응원하는 건 당연하다. 모집 공고에까지 버젓이 언급했으니 가산점까지 주어진다면 당선될 것 같은 느낌이 확 왔다.

수필 원고를 응모해 놓고 떨어지더라도 실망하지 말라고 수업 시간에 수강생들에게 말했다.

"비슷한 성적이면 젊은 사람에게 가산점 줄 수 있어요."

나도 문예창작학과 졸업하고 3년 동안 교수님 아카데미에 다니면서 시, 소설, 수필 문학 수업을 받고 등단했다.

등단하려면 1점이라도 더 받으라고 졸업 증명서도 첨부하라고 했다. 이력서 내고 서류 첨부하지 않으면 가산점에서 제외할 수도 있으니, 필요한 서류는 응모자가 갖춰야 한다. 그 나이에 방송통신대학교 국어국문학과 졸업할 정도면 작가가 되고 싶은 열망이 크다는 것을 어필해야 했다.

공부를 하겠다는 사람이 있으면 내 일보다 더 응원하며 오지랖을 떤다. 보통은 저 사람이 뭘 얻어먹을 게 있어서 그런가? 의심을 한다. 또 문예지마다 등단 기준이 다르니 잘 물어보고 응모하라고 수업 시간에 설명을 했다. 응모 메일이 들어갔는지도 확인하라고 했다.

등단 자리를 마련해 준 문예지 관계자들이 고맙다. 그냥 글을 쓸 수도 있겠지만, 작가라는 이름을 달고 글을 쓰면 책임감이 느껴져 한 단어 한 문장에 심혈을 기울여 글을 쓰게 된다.

신인상을 받은 수강생에게 당선 소감 썼느냐고 물었더니 작가가 되었다는 책임감 때문에 잠이 안 와서 아무것도 못 하고 있다고 한다. 당선 소감은 미리 써놓고 수시로 수정하면 당선되었을 때 편하다.

지식은 나이 먹고 시간이 지날수록 까먹는다. 그래서 자꾸 배워서 써먹고 다양한 분야를 저장 창고를 만들어 통합적으로 써서 설득할 수 있어야 한다. 나이 많은 어르신이 작은 일이라도 성취하면 유치원 다니는 아이들처럼 기뻐하고 칭찬해 주는 게 좋다.

'졸작'이 당선되었다고 너무 수줍어하신다. '화룡점정'은 우리가 살아가면서 매듭을 지을 때 필요하다. "거미도 줄을 쳐야 벌레를 잡는다." 속담처럼 등단하려고 도전장을 내야 점점 좋은 글을 쓰게 된다. 어르신들이 도전하는 데 의미가 있고 결과가 좋으면 참 좋아하신다. 어르신들이 '나도 작가'라는 용기를 가질 수 있도록 등단하고 책도 낼 수 있게 열심히 응원해야겠다.

IV

나의 이야기,
우리의
이야기

책에는 돈으로 살 수 없는 지혜가 숙성되어 있다

'사람들은 책이 공짜로 나오는 줄 안다.' 그만큼 흔하게 책 선물을 받기 때문일 것이다. 그런데 고마운 마음에 내가 쓴 신간이라고 선물로 줘도 꼭 책값을 주는 사람이 있다. 지혜가 가득한 책 내용에 비해 한 끼 식사비 정도 하는 책값 때문이 아니다. 책값을 기어이 쥐여주는 사람에게 느끼는 인품과 마음결이 다르게 느껴진다. 마음 씀씀이가 너그러운 사람을 만나면 포근함이 느껴지고 행복하다. 자그마한 체구에 이쁜 맘이 주름치마처럼 숨어 있기도 한다

책을 사주는 사람은 어떤 선물을 주는 사람보다 마음에 와닿는 깊이가 다르다. 그러니 출간한 책을 사주는 지인은 평생 이웃하고 싶을 만큼 고마운 생각이 든다.

나이가 들면 시력도 나빠지고 집중해서 책을 읽기가 힘들다. 칠순의 나이에 책이나 읽어줄까 싶었지만, 딸이라도 주라고 첫 책을 선물했다. 두 번째 책이 나왔다고 했더니 사겠다고 한다. 첫 책 다 읽었냐고 했더니, 거의 읽었는데 미처 생각지 못한 지혜가 매설되어 있고 젊은 세대를 이해하고 포용하라는 글을 읽고 젊은 딸과 덜 다투게 되고 느낀 점이 많고 재미있다고 했다. 첫 책은 펼친 자리에서 다 읽었다고 했다. "저는 50, 60세대가 90년생 이상 젊은 세대를 이해하고 어우러지며 살아가야 한다는 생각에 책을 썼어요." 나이로 어른 노릇 하는 게 아니다. 90년생 이후 젊은이에게 우리가 가르칠 것이 없다. 우리 세대가 아는 지식은 급변하는 세상에서 흘러간 유물이 되었다. 젊은 세대는 자기 앞가림도 못 할 정도로 책임은 안 지려고 하고 권리만 누리려고 한다. 젊은 세대는 태어날 때부터 부자 나라에 태어났고 우리 세대는 '전후세대(戰後世代)'로 절대 가난의 시기에 태어나서 사회에 대한 책임감과 누리는 혜택이 다르다.

나는 나이 든 지인을 만나면 카톡부터 열어서 챗GPT 채널 등록을 해준다. 만물박사 비서 한 명 역할을 챗GPT가 해주니, 궁금한 것 있으면 질문을 해서 가물거리는 기억을 활성화하라고 일러준다. 우리 세대의 지식은 온라인 세대에게 가르칠 수 있는 지식이 아니다. 온라인 세상에서 사는 법을 우리가 젊은 세대에게 배워야 한다.

내 강의를 듣던 이순이 지난 수강생이 말했다. "우리가 돈도 있고 일도 잘하고 있는데, 젊은 애들에게 뭐가 아쉬워서 비위 맞춰주며 배워야 할까요?"

"지금 '네이버 블로그' 열어보세요."

갑자기 99년생 수강생에게 핸드폰을 들고 가르쳐 달라고 몰려든다.

"저것 보세요. 친구도 남편도 아닌 젊은 애들이 더 잘하니까 배우려고 자기도 모르게 몰려들잖아요. 젊은 애들과 의견 대립이 되면 나이 든 사람이 져주세요. 지금은 우리가 아쉬울 게 없는 것 같아도 너나 나나 요양원 들어갈 시기가 되면 지금 젊은이들이 우리를 돌봐줘야 하잖아요. 이번에 해외여행 가면서 공항 가는데도 '버스 타고' 앱받아서 예약했어요. 초등학교 앞으로 공항버스 정거장을 옮긴 것도 알았고요."

"그러면 앱이 뭔지도 모르는 사람은 해외여행도 못 가겠네요?"

"그래서 젊은 세대에게 배우라는 거예요. '다이소'에도 카운터 직원이 해주던 계산과 물건 포장을 소비자가 해야 해요. 비행기 표도 '큐알코드'로 이용할 줄 알아야 하고요. '키오스크'로 음식이나 커피, 빵도 주문할 줄 알아야 해요. 가상현실과 증강현실도 배우고 오프라인과 온라인 세상을 왔다 갔다 하면서 생활하는 법을 배워야 한다고요. 근래에 수명이 20여 년 길어진 것이 '휴거'로 세상이 뒤집힐 만큼 변해가고 있는 중이라 생각해요."

출간한 책이 도착하기도 전에 책값을 선불로 주는 사람도 있다. '뿌린 만큼 거둔다고 이런 일들이 그동안 성실하고 진실 되게 살아온 결과구나!'

해외여행 가는 길에 작년에 책을 많이 팔아준 친구를 만났다. 책을 선물했더니 책값을 후하게 준다. 더 보내준다고 하니까 돌려가면서 읽겠다고 아껴준다. 내 책은 밑줄 그어가면서 읽어야 하니 선물로 한 권씩 주라고 택배로 보냈다.

그동안 고마운 고객에게는 신간을 사인해서 선물로 줬다. 책은 그냥 받는 게 아니라면서 기어이 책값을 쥐여 주고 지인에게 준다며 한 권을 더 사 간다. 출판사에서 작가에게는 30% 할인해서 주니 책값을 받는다고 남는 장사는 아니다. 그래도 십만 원짜리 물건을 사주는 것보다 더 감사하다. 글을 계속 쓰라고 응원해 주는 거니 힘내서 세 번째 책도 열심히 쓰라고 한다. 큰 응원으로 알고 열심히 쓰겠다고 책값을 감사히 받았다.

책은 나를 알리는 두꺼운 명함이다. 연락이 뜸하던 고객이 내 책을 읽고 다시 찾아오는 것 보니 명함 이상으로 길잡이 역할을 해주는 것 같아 감사하다.

내 책에는 많은 사람들이 공감할 세상 사는 이야기가 쓰여 있다. 손님하고 오랜 시간 그냥 있기가 뻘쭘해서 『공부야, 놀자!』 책 쓴 이야기를 했다. 「성실한 생활은 화려한 경력을 뛰어넘는다」 제목에는 어떤 글이 있을 것인가 물었다

"글쎄요."

"그게 우리 아들이 고등학교 3학년 때 하루에 다섯 번을 학교에 실어다 준 일이 있어요. 아들이 배탈이 나서 옷을 버려서 수업이 끝날 때까지 학교에 실어다 줬어요."

아들의 성적을 내가 높여줄 수는 없었지만 성실함을 심어주고 싶었다. 고시를 통과하지 않아도 손재주가 부족해도 성실하게 세상살이에 적응하며 잘 견뎌내고 제 앞가림을 해나가라는 마음이었다. 초등학교부터 고등학교까지 결석 한 번 안 시켰다. 성인이 되어 제 역

할 잘하며 살고 있어서, "속 한 번 썩인 적 없다."며 소소하게 살면서 경험한 생활 글이라고 했다. 고객들은 비슷한 경험 글에 공감이 간다고 며느리에게도 줘야겠다고 했다. 누구나 경험했음 직한 보편적인 이야기에 독자는 공감을 크게 느낀다.

책만 쓰기도 힘든데 꼭 그렇게 애쓰며 책을 팔아야겠냐고 할 작가도 있을 것이다. 책을 왜 쓰는가? 독자를 위해 쓴 책인데, 한 사람이라도 더 읽어주고 내가 애쓴 만큼 이해하고 변화해 주기 바라는 마음 아닌가. 책을 출간하는 게 아이 하나 낳는 것만큼 어렵다고 비유한다. 아이를 힘들게 낳았으면 잘 키워야 하는 것 아닌가. 출판된 내 아이가 독자에게 예쁨 받고 잘 커줘야 그 영양으로 힘을 얻고 작가는 또 책을 쓸 것이다.

신인 '가수'가 신곡을 들고 시장, 터미널, 휴게소에서 고객에게 노래 CD를 직접 주면서 광고하는 것을 봤다. 작가도 내 작품을 기다리는 독자가 어느 정도 형성될 때까지 책을 광고해야 한다. 그 정성으로 나의 작품성이 쑥쑥 자랄 것이다. 책 출판했다고 조선시대 양반처럼 맹물 마시고 뒷짐 지고 헛기침하며 양반 노릇 하지 말고 애써서 쓴 책을 열심히 광고해야 한다.

책은 돈으로 계산할 수 없는 정성과 삶의 체험과 공부하며 숙성된 내공이 들어 있다. 책값은 물질적으로 계산할 수 없는 인생을 사는 소중한 지침서 역할을 한다. 나도 누군가에게 마음 깊이 가닿는 지인이 되려고 책을 쓰며 마음을 전하고 싶다.

지식과 경험은 한 사람이 가지고 있는 것보다 함께 공부할 때 시너지 효과가 난다. 많은 경험과 지식을 나중에 책으로 써야겠다는 사람이 있다. 책 쓰는 것을 우습게 생각하지 말고 출근하듯 꾸준히 시간 투자를 해야 책을 만들 수 있다.

'시간이 지난 뒤 그 지식이 무용지물'이 되기 전에 서둘러 책을 쓰라고 권한다.

멈출 수 없는 배움의 기쁨

아! 대학원 가을 학기 모집 기간이다. 대학원에서 공부를 더 해야 겠다는 생각에 급하게 인터넷을 열었다.

어르신 센터 수업 일정을 보는데 책 읽기 강사 이력에 '문예창작 학과 대학원 졸업'이 눈에 들어왔다. 문학 공부를 계속해야겠다는 생 각만 했을 뿐 바쁘다는 생각으로 입시원서를 못 쓰고 있었다. 아니 해마다 한 권씩 책을 쓰고 강의하느라고 정신없이 살았다.

'대학원 가야겠다고 마음먹을 때가 가장 젊을 때다.' 참, 대학원은 가을 학기가 있지! 생각난 김에 서둘러 등록해야겠다.

대학원 '문예창작콘텐츠학과' 지원해 놓고 합격할 수 있을까 하는 고민보다 해낼 수 있을까. 이래저래 걸리는 게 많다. 글쓰기 강의 준비, 수강생 글 첨삭지도, 영업도 살림도 해야 하고, 틈틈이 수필도 써야 하니 시간이 없어 머리가 돌 지경이다.

그림을 그리고 동화책을 써서 출판 지원금 받는 데 응모했다가 밀려났다. 대학에서 문학 전공했어도 동화를 '우련히' 쓰다 보니 문학 공부를 더 해야겠다는 생각이 강했다.

도서관에서 동화 쓰기 수업은 여러 번 들었다. 서점에서 동화책을 읽어도 내 의식 속 동화가 아니었다. 생활 글은 공모전에 입상하기 힘들다더니 입상작이 거의 판타지 소재다. 동화 응모작은 시대를 반영하므로 세월호나 코로나 같은 주제로 지원한 사람이 많으면 제외시켜 버린다. 그래서 역사적인 날 같은 특별한 날을 주제로 동화로 쓰면 등단작으로 선택될 수도 있다고 한다. 동화를 많이 읽었지만 내 몸에 배어 있는 구세대 생각으로 지레짐작 썼다가는 선무당이 사람 잡겠다. 비용과 시간 투자를 해야 밀도 있는 공부가 될 것 같았다. 쉽게 접근할 수 있으면 '창작'이라는 단어를 쓰겠는가. 무슨 일이든 취미로 생각하면 헐렁헐렁하기 마련이다. 동화를 제대로 쓰려면 깊이 있는 공부를 더 해야겠다는 생각에 대학원에 지원서를 냈다. 박사과정을 해야 하는 것 아니냐고 하는데, 석사 전공했어도 지원하는 학과와 다르면 박사과정 지원이 안 된다. 석사 지원할 때도 대학교에서 문학 전공을 했더니 예술대학원 다니면서 학부전공 9학점을 같은 계열로 이수하고 대학원 수업 들을 자격이 되었다.

'바쁜 생활이 나를 견인한다.' 할 정도로 팽이 돌리듯 한 과정 공부가 끝나기 바쁘게 다른 공부거리를 찾는다. 이순이 지나 건강이 따라

줄까 걱정이다. 한 달 전부터 대학원 지원서를 준비해 놓고 마음이 요동을 친다. 남편에게 응원의 눈길을 보냈지만 묵묵부답이다.

'허긴 공부는 내가 하는 거지······.' 그래도 집안 살림에 남편의 도움과 이해가 필요해서 남편의 의견을 물었더니 다행히 반대는 안 한다. 이런저런 생각에 꺼들려 망설이다가 가을 학기를 지나칠 것 같아 서둘러 등록 첫날 입학지원서를 제출했더니 속이 시원하다.

인터넷에서 지원서만 쓰고 대학 졸업장, 성적 증명서와 자원봉사, 경력 등 첨부 서류는 따로 일주일 안에 우편으로 보내라고 한다. 인터넷 접수만 하는 줄 알고 느긋하게 접수했으면 큰일 날 뻔했다.

'대학교수 지원도 직장 이력서도 거의 첨부파일로 접수한다. 대학원이 입시서류를 우편물로 받아서 지원자들을 구시대 유물로 생각하는 것 같아 황당했다.'

평소에 이력서와 자기소개서를 계속 업그레이드해 놓아 지원서 쓰기가 수월했다. 합격하면 나이가 미끄러지게 젊은 감각으로 뛰어야겠다. 호적 나이보다 내가 생각하는 숫자가 내 나이라 생각하며 사니, 내가 젊다면 젊은 것이라고 몸이 반응한다.

'오래 걸으려면 좋은 신발이 필요하듯' 멀리 가려면 좋은 인연이 필요하다. 계속 공부를 하고 있는 만학의 지인에게 내가 대학원 수업을 할 수 있을까 질문했다. 온라인 수업이 많고 직장이 있어도 나 정도면 충분히 대학원 수업 할 수 있을 거라며 응원하겠다는 말에 망설임 없이 지원했다. 또 산수(傘壽)의 수강생이 작년에 방송통신대학교 졸업했다는 생각에 나이에 대한 기우는 접기로 했다.

학업을 성취하는 데 간절한 염원이 나이를 뛰어넘는다는 것을 마흔 살에 대학을 다니면서 느꼈다. 공부 시작하는 데 나이 탓하지 말고 박사학위까지 염두에 두고 공부를 해야겠다. 이순이 지난 사람들이 나를 키우기 얼마나 좋은 시대인가.

사십에 대학 공부를 시작해서 지금까지 멈추지 않으니, 장수시대에 맞춤으로 태어난 듯 늦게 공부하게 된 것도 신의 뜻으로 생각된다. 대학, 대학원 공부도 시작하니까 졸업을 했다. 뭐든 옳다는 생각에 시작하면 결과가 보인다.

공부는 가다가 그만두면 아니 간 만 못하는 게 아니라 간 만큼 이익이다. 망설이다 보면 세월에 마음이 저당 잡힌다.

'공부에 늦은 때란 없는 것이다.' 공부는 나이를 묻지도 따지지도 않는데, 하려는 사람이 엄살이다.

나이 들어도 공부를 계속할 수 있는 것은 공부를 목표로 성실하게 실천한 보상인 듯하다. 오늘 하는 공부는 내 지식이 필요한 사람에게 나눌 생각이다. 배움을 풀어내는 데 시간과 장소가 따로 있는 게 아니다. 커다란 마음 보따리를 크게 펼쳐 대학원에서 욕심껏 공부해서 좋은 작품을 많이 써야겠다.

늦은 나이까지 공부할 기회가 주어지는 것도 큰 행운이라는 생각에 저절로 고개 숙이고 감사기도를 하게 된다. "최고의 승리는 자기자신을 정복하는 것이다." 플라톤 명언을 되새기며 『공부야, 놀자!』 책 출간하고 예언처럼 공부와 놀고 있다.

3

책은 어떤 사람이 쓰는가

『탁월한 선택』, 『공부야, 놀자!』 출간했다. 자식 같은 책을 세상에 내놓으니 마음이 뿌듯하다. 남들은 아이 낳는 것도 목숨 건다는데, 아들 하나를 뭣 모르고 낳아서인지 출산의 고통보다 기쁨이 더 컸다. 공부의 기쁨을 마음껏 누리고자 책 읽기와 글을 쓰고 있다.

문학을 전공한 나는 '수필 쓰기' 강의를 하고 있다. 글쓰기는 날마다 부지런히 써야지 지름길이 없다.

이론과 실기를 지루하지 않게 스토리텔링으로 수강생을 어떻게 잘 이해시킬까 연구하며 일주일 동안 끙끙댄다. 강의를 하면서 '내 글쓰기도 바쁜데, 괜히 뛰어들었구나!' 수업 준비로 짜증 나고 힘들 때도 많았다. 강의를 하면서 일주일에 한 편씩 나도 글을 썼다.

글쓰기에 관한 책을 서른 권 정도 뒤져가며 다양하게 강의 방법을 연구했다. 쌀을 가지고 잡곡밥을 해주던가, 죽을 써주던가, 수강생이 지루하지 않게 다양한 방법으로 수업 준비를 한다. 글쓰기 공부를 하다 보니 내 글이 훨씬 탄력 있고 좋아졌다. 수강생을 가르치는 것이 아니라 내 공부의 양이 훨씬 많아졌고, 글쓰기에 몰입할 수 있었다. 남을 돕고자 마음먹고 실천한 일이 부메랑 되어 내게 글감으로 돌아왔다.

사람들은 자기가 살아온 삶을 특별하게 생각하며 기록을 남기고 싶어 한다. 사람으로 태어나면 종족보존을 하고 싶어 하듯 내가 살아온 발자취를 기록해서 남기고 싶은 것이다. 비슷하게 살고 있는 것 같지만 나름대로 삶의 특별한 노하우를 가지고 잘 살고 있다는 방증으로 본능처럼 쓰고 싶은 것이다.

글쓰기는 공부를 좋아하는 사람들이 한다. 나도 대학 강의가 끝나고 편하게 살고 싶었다. 6개월쯤 쉬었더니 몇십 년 치열하게 공부하며 살아온 기억들이 가물가물해지는 것이었다.

'아, 이러다 바보가 되겠구나!'

얼마나 벼르며 했던 공부인데, 기억에서 공부를 쉽게 떠나보낼 수 없어서 다시 공부를 시작했다.

이것저것 자격증 공부를 하면서 학생들에게 글쓰기 강의를 시작했다. 힘들긴 했지만 보람도 있고 사는 맛이 났다.

공부를 해야 숨을 쉴 수 있는 허파가 따로 있는 듯했다.

사람은 건강하게 살기 위해서 수입과 무관하게 일거리를 만들어서 움직일 필요가 있다.

명절 연휴에 계속 누워 있었더니 두피가 아프기 시작했다. 상처가 있는 것도 아니고 두통약 먹을 일도 아닌데 아팠다. 아픈 부위에 통증 크림을 바르니 좀 좋아졌다.

'사람은 움직여야지 너무 편하면 환자가 되는구나!'

글을 쓸 때 사람들과 말할 때 말을 조심해야 하는 것보다 쓰지 말아야 할 것에 주의해야 한다. 자기의 이야기를 쓰되 삼켜야 할 말부터 생각하라는 것이다.

글쓰기는 여러 생각이 글로 기록되기 전에 구성을 형성해야 한다. 모든 것을 갖춰서 완벽한 글을 쓰겠다는 사람은 글쓰기를 포기하겠다는 말과 같다.

독자를 배려하는 글쓰기는 작가가 전달하고자 하는 메시지를 독자가 읽고 공감하는 것이다. 독자가 글의 마무리를 해주는 것이다.

'내가 살아온 이야기를 쓰려면 열 권짜리 전집도 부족하다.' 거침없이 말하는 사람은 책을 쓰면 안 된다. 희로애락 감정 다 걸러내고 내가 살아온 경험에서 독자를 위해 주고 싶은 이야기를 써야 한다. 내 경험을 통해 독자는 위험한 일을 만나면 이치를 깨닫고 판단력을 갖게 된다. 독자는 한 줄의 글에 마음의 위안을 받으며 슬기롭게 세상을 살아가는 법을 배우게 된다. 경험에서 독자에게 무엇을 전해줄 것인가 고민하며 쓴다. 어떤 독자가 읽어야 도움이 될까 상대를 최대한 좁혀서 친절하게 전달한다.

글의 핵심은 주제와 사상이 중요하다. 글 내용에는 작가의 생각과 이념이 녹아들어 간다.

형식은 그릇과 같은 것인데 모양과 형식의 내부 인테리어를 글로 채우며 한 세트로 꼴을 갖추게 된다.

글쓰기는 '어떤 방식으로 말할 것인가.'에 집중되어야 한다. 글쓰기에서 문체의 중요성이 작가의 얼굴을 대변하고 있다. '어떻게 표현하는가.'는 '무슨 내용인가.'보다 더 중요하다.

좋은 글만 쓰겠다는 욕망보다 글쓰기의 시스템을 뛰어넘는 형식으로 썼다. 규칙을 떠난 창의성 있는 글쓰기를 기술적으로 접근한 실험 정신의 문체도 필요하다고 본다.

다양한 경험을 하며 살고 있지만, 공부에 대한 열망은 흔들리지 않았다. 몇십 년 공부를 향한 집념의 실천이 헛되지 않았음을 증명하고 싶어 글을 쓴다. 글쓰기는 세상에 하고 싶은 말이 많은 사람이 쓰는 게 아니라 자기의 정체성을 찾고 싶은 사람이 써야 한다.

나를 만나는 시간

고달픈 날은 나를 살리는 방법을 찾는 시간이다. 사람은 역경에 처해야 사는 방법을 찾으려고 애쓴다. 바쁜 생활의 흐름에 밀리며 살다 보면 내 의지대로 살지 못한다. 틈을 내서 공부하는 시간이 나를 만나는 시간이다. 공부를 좋아하는 나는 노후 준비를 위해 자투리 시간을 이용해서 틈틈이 이것저것 자격증을 따면서 30여 년 공부를 하고 있다. 공부를 즐기면서 배운 것을 실천하다 보니 어느덧 내가 갈 자리에 서 있었다.

인생을 살면서 균형 잡힌 삶을 사는 데 돈이 필요하지, 돈 버는 게 인생의 목적은 아니다. 돈을 벌어서 무엇을 할지 목적을 위해 벌어야 한다. 시간도 돈도 절약하는 습관이 몸에 배어 있다. 시간도 없는 틈을 찾아서 비비적거리며 만들어야 자투리 시간이 모여 결과를 만든다. 늘 시간에 쫓기며 사는 내 주위는 산만하다. 항상 사용하는 물건을 정리하고 다시 찾아다 쓰는 시간도 아깝기 때문이다. 공부하는 동안 주식, 부동산 등 단기간에 돈을 번 사람들의 이야기를 듣고 권유받았지만 내 길이 아니기에 외면했다.

이순이 넘으면서 물질에 마음을 비우고 절약하며 내가 아는 것을 나누는 인생 3모작을 실천하며 살고 있다. 물질을 쫓는 사람은 늘 소금물 들이킨 사람처럼 많은 돈을 가지고도 만족을 못 하고 산다.

가장 행복한 사람은 자기가 필요한 분야를 찾아서 공부하는 사람이다. 물질과 상관없이 공부하는 사람은 봉사활동을 하면서 마음 부자로 산다. 봉사하는 삶을 살 것인가, 봉사 받는 삶을 살 것인가, 결국은 본인이 정한 방향대로 간다.

대학 때 전공한 문학을 공부하면서 글을 쓰고 배운 것을 나누는 실천을 하니 행복하다.

'삶은 혁명을 통한 큰 변화'로 오는 게 아니라, '일상에서 내가 해야 할 작은 실천'에서 온다. 어렵고 힘든 과정을 즐기며 이순이 지나는 시점에서 점검하니 바르게 잘 살아온 내가 고맙다. 일과 자기계발의 균형을 적절히 유지하며 몇십 년 지속적으로 공부를 해오고 있다. MZ세대들이 야쿠르트 배달이나 정수기 플레너를 지원한다고 한다. 한나절만 일하는 '유연근로'를 하면서 남은 시간 자기계발 하는 데 쓴다. 기업들도 인재를 확보하기 위해 다양한 근무제를 시도하고 있다니 좋은 현상이다.

책을 좋아하는 나는 도서관을 자주 다녔다. 거기서 근무하는 사람들의 표정에서 여유로움과 편안함이 느껴져 나도 그들을 닮고 싶었다. 학문을 추구하는 사람들이 모인 곳의 분위기는 참하고 부드럽다. 면학의 분위기에 끌려 공부하는 지인들과 함께하려고 노력한다.

인생 3모작을 하면서 삶의 경험을 책으로 쓰며 '벼리'는 과정을 실천하고 있다. 고난의 시간도 타인의 시샘에 의한 아픈 기억도 내게 생을 공부하라는 깨달음이었다. 인생 체험을 책으로 엮으며 추수하는 시기를 보내고 있다.

수필은 경험과 체험을 바탕으로 사실을 쓰는 개성의 문학이다. 시는 이미지를 창조하고, 소설은 서사를 창조한다. 수필은 시와 수필의 장점과 평론, 철학까지 다루며 깊이 있는 사색으로 작가는 자기만의 색깔을 만들어 낸다. 수필가의 인격과 인생을 사는 철학 등 남이 흉내 낼 수 없는 자기만의 작품을 창작하는 것이다.

수필가는 글을 쓸 때 나만의 특별한 문체를 만들기 위해 연구해야 한다. 문체에는 나만의 질과 뉘앙스가 있고 살아온 경륜 표현 방법에서 인격이 묻어난다. 작가의 문체는 독자와 진정한 교감을 할 수 있다. 세련되지 않은 문장이라도 나만의 언어로 나를 대변할 수 있다. 자기의 주장을 앞세워 독자와 소통하지 못하는 글은 문장이 아니고 세상 사람들과 공유할 수 없는 문장은 작품이 아니다. 독자를 위한 글을 쓰는 것이 문학인의 기능과 인생이다. 이론서는 무미건조하고, 감정을 담은 글을 쓰는 문체가 다른 작가의 특징이 있다.

'글은 병든 마음을 고치는 의사다.' 사람은 공부해 가면서 자기다워진다. 공부의 맛을 혼자만 음미하기엔 아깝다는 생각에 지인과 함께하자고 권유한다.

글 쓰는 사람들을 돕기 위해 강의를 했더니 내 글이 탄탄해지고 깔끔해졌다. 책을 마음먹고 쓰려고 해도 책 쓰기 쉽지 않다.

"느린 것을 두려워하지 말고 중도에 그만두는 것을 두려워하라."는 말이 있다. 계속 버틸 수 있는 힘이 있으면 무엇을 하든 성공하기 쉽다.

'바람을 겪지 않고서 어떻게 무지개를 볼 수 있겠는가.' 가장 저렴하고 효율적으로 인생을 배울 수 있는 영양 많은 지식이 책 속에 있다. 책으로 인생사는 도움받았으니 이젠 내 경험을 책으로 써서 보답할 차례다.

"선행이란 다른 사람에게 무언가 베푸는 게 아니라 자신의 의무를 다하는 것이다." 칸트의 명언처럼 '책 읽고 글쓰기를 끝까지 하는 것'이 나의 의무다.

5

먼저 써먹고 따놓은
'직훈교사 자격증'

대학교수를 퇴직하자마자 '한국기술교육대학교'에 '직업능력개발훈련교사' 자격과정 교육을 신청했다. 자격증도 없이 그동안 학생을 지도한 것 같아, 마음의 빚이 되었다. 직훈 교사 자격증 신청 후 한 달쯤 되었을 때 '한국기술교육대학교' 직원의 전화를 받았다. 빠진 서류를 알려주고는 자격증이 꼭 필요하냐고 물었다. "대학 교육 경력 10년에 4년제 대학 겸임교수까지 했는데요. 직업능력개발훈련교사 자격증이 직업학교 강사 지원할 때 필요하던데요."

나는 대학교수를 했으니 직훈 교사 자격증이 꼭 필요한지도 몰랐다. 그런데 직업전문학교 개설이나 강의를 할 때는 직업능력개발훈련교사 자격증이 필수였다.

다른 교수들은 기능장 자격증으로 39학점 인정받고 대학을 들어온 경우가 많아서 직훈 교사 자격증에 대해 정보가 빨랐던 것이다. 나는 대학을 인문학과를 졸업해서 대학원에서 왕따를 당하기도 했다. 왕따라고 누가 눈에 띄게 지적하는 건 아닌데, 그들 세계에 흡수되지 못하고 물 위에 뜬 기름처럼 겉돌았다. '애꾸눈' 세상에서 두 눈 가진 사람이 병신 취급받는 격이었다.

방향을 바꾸며 타 분야에 적절히 스며든다는 게 쉬운 일이 아니었다. 이타 정신으로 꾸준히 나의 참됨을 보여줘야 텃세를 덜 받는다. 중국에 졸업 작품 전시회에서 기능장들만 모여서 단체 사진을 찍었다. 자격증 없는 두 명만 단체 사진 찍는데 제외해서 은근 왕따 당했다.

2022년 대한민국 평생학습대상 수상자들 활동을 인터넷으로 확인했다. 2021년 대한민국 평생학습대상 최우수상을 기적처럼 받게 된 나는 올해는 어떤 활동을 한 사람들이 수상했는지 그들의 활동을 찾아보았다.

여성 단체장 하며 마음의 상처가 깊었다. 자발적으로 봉사했으면 끝나고도 기분이 흐뭇해야 하는데, 그 집단에는 다시는 고개도 돌리기 싫을 정도로 정이 떨어졌다. 신입 회장 후보 건으로 내가 뒤에서 밀어주고 있다고 억지를 부리며 협회를 나가라고 협박하다 소송까지 했다. 무지한 집단의 바닥까지 경험하고 나니 그쪽으로 고개도 돌리기 싫었다. 회장 후보로 나온 'ㅇㅇ회원 출마를 내가 뒤에서 밀고 있다.'는 시나리오를 만들어 회장 출마한 회원을 탈퇴를 시킨 소송에 참여해서 승소했다. 그 사람을 회원으로 복원시키는 내 역할이 끝나고 협회를 탈퇴했다.

평생학습대상을 받으니 억울한 시간을 보상받은 느낌이었다. 회원들이 필요할 때는 고문인 나에게 손을 벌리고 재판이 진행되자, 유리한 쪽으로 붙었다. 인간들의 이기심에 환멸을 느꼈는데, 큰 상을 받고 세상을 유연하게 해석하게 되는 계기가 되었다. 큰 아픔이 지나갈 때마다 상대를 이해하는 마음 폭이 넓어졌다.

2022년 수상자들 활동과 비교해 봤다. 늦은 밤까지 내 돈 써가며 교육했는데, 고생만 하고 보람도 없이 욕먹은 것 같아서 그곳 사람들과 연을 끊다시피 살고 있었다. 열심히 노력하며 최선을 다해도 수고했다는 말 한마디 없었다. 부러운 자리에 있는 사람의 10년 노력을 하루아침에 따라잡을 수 없다. 모든 게 잘나 보였던 나를 재판까지 끌어들여 망신 주고 끝까지 깎아내리기만 했던 인간들에 대한 아픔까지도 상쇄시켜 주었다. 그들의 행태를 보면 옆걸음 하는 '게'들이 웅덩이를 벗어나기 위해 몸부림치는데, 다른 게들이 아래에서 발을 잡아당겨 못 빠져나가게 하는 모습이 연상된다. 그 웅덩이를 빠져나오려면 다리 하나쯤 절단할 각오를 해야 한다.

나 혼자 동분서주하며 즐겁게 봉사했던 일이 올해 수상자들에 비해 미약한 것 같아 미안했다. 저 상을 받기 위해 여러 팀들이 얼마나 많은 고생을 했는가. 우리 팀 임원들과 함께 재판하는데 증인으로 합류해 주고 고생한 사람들이 있는데, 혼자만 큰 상을 받은 것 같아 미안했다. 상금을 받고 함께 고생했던 임원들을 불러 식사도 했지만 한 분은 '이순'에 고인이 되어 마음이 아팠다. 활동하고 있을 때 상을 받았더라면 더 좋았을 텐데, 일선에 물러나 잊힐 때쯤 상을 받으니 그때 함께 고생했던 사람들과 연락이 안 닿아 소식도 전하지 못했다. 빚진 마음을 갚는 방법은 건강이 허락한다면 죽을 때까지 봉사를 해야겠다는 생각이다.

직업능력개발훈련교사 자격증도 없이 학생을 지도했던 내게 마음의 빚이 되어 정년 후 취득한 '직업능력개발훈련교사 자격증'은 먼저 써먹고 나중에 취득한 꼴이 되었다.

내가 겸임교수로 5년여 동안 재직했던 학교가 특성화 대학이라 우수한 성적으로 졸업한 학생은 직업능력개발훈련교사 자격증을 받을 수 있다. 대학원 졸업과 산업체 경력이 20년이 넘었으니 학생들 가르칠 자격은 충분했지만 학생들에게 늘 미안했다. 직훈 교사 자격 과정 교육생을 뽑는 기준은 기능장이 우선인데, 기능사로 처음 지원한 내가 합격했다. 기능사 자격증을 가진 사람들은 열 번을 넘게 도전하고도 교육생 후보에서 떨어졌다고 한다.

수업 내용은 학생들을 가르치고 있는 내가 잘 아는 내용이었다. 대학에서 학생들 지도할 자격증이어서 이미 가르치고 실행해 본 일이었다. 수업받으면서 교육 프로그램을 만들다 보니 우리 학교에서 강의하는 교수들이 이용하던 프로그램이라 반가웠다. 특히 내가 겸임교수로 5년 정도 강의했던 학교가 직업능력개발훈련교사 자격의 기초를 만들었다. 미리 써먹고 완성된 과정을 해체하며 공부하는 느낌이었다.

기술교육대학 기숙사에 한 달간 합숙하면서 시험공부를 했다. 온라인으로 두 달간 수업한 과목까지 하루에 열두 과목 시험을 보는데, 신이 돕지 않으면 해낼 수 없는 분량이었다. 전기, 조리, 건축, 전자, 안전관리 등 다양한 분야의 사람들 50여 명이 같은 기수로 시험공부를 했다. 다른 분야 전공 남자 선생님은 기숙사에서 두 달간 공부하면서 아이가 보고 싶어 집에 가고 싶다며 우는 사람도 있었다. 덜덜 떨면서 합격 소식을 들으니 밤을 새우고 시험공부에 매달렸던 기억이 새롭다. 그해 겨울은 폭설이 엄청 쏟아졌다. 새벽 세시까지 마비된 다리를 사침(斜鍼)으로 찔러가며 공부하고 버텨냈던 기억이 새롭게 떠오른다.

'직훈교사 자격증'을 취득하고 보니, 먼저 써먹고 학생들을 가르친 것에 책임을 다하고 빚을 갚은 기분이 들었다. 자격증을 받고 보니 마음이 든든하다.

V

가르침은
배움의
반이다

나도 강의하고 싶어요

"강의를 어떻게 할 수 있어요?"

준비도 안 하고 강의를 하고 싶다는 사람을 만나면 어떻게 이야기를 해줘야 할까 난감하다.

내 수업을 들은 지인이 자기도 강의를 하고 싶다고 방법을 알려달라고 한다. 내 주위에는 배우고 지식을 넓히는 것을 넘어 강의를 하고 싶은 사람이 많다.

"과감하게 시작하라. 비행기는 날아오를 때 80%의 연료를 소비한다. (중략) 매일 준비만 하고 시작을 못 하는 사람이 있다. 일단 시작하면 무엇이라도 된다."

글쓰기는 밥 먹듯, 출근하듯, 운동하듯 틈틈이 써야 한다. 글을 쓸 시간이 따로 주어지는 게 아니다. 계속 글을 쓰다 보면 축적된 지식에 노다지 같은 글이 나올 수도 있다.

무심히 지나칠 수 있는 하루 일상에 의미를 부여하면 주제가 나온다. 글도 씨앗이 있다. 뭐라도 써서 보태다 보면 글 한 편이 나온다. 많이 써놓고 다듬고 글을 주무르고 반죽하다 보면 버려야 할 글도 나오지만 글이 탄탄해지고 실력도 쌓인다. 써놓은 글은 수시로 고쳐야 한다. 그냥 하는 독서와 글을 쓰려고 읽는 책, 가르치려고 읽는 책에서 얻은 지식은 취하는 깊이가 다르다. 처음부터 잘하는 사람은 없다. 공부와 글쓰기의 절대적인 양이 축적되면 언젠가 폭발하듯 고수의 경지에 오른다. 자기가 아는 분야를 깊이 있게 공부하고 지식이 많이 쌓이면 강의를 할 수도 있다. 강의를 하면서 내가 알고 있는 지식을 수강생에게 전부 전달하기 어렵다. 강의는 지식만 전달하는 게 아니다. 내 안에 축적된 경험과 지혜를 총동원해서 그 분야를 이해할 수 있게 잘 설명해 주어야 한다.

고학력 시대라, 무료 강의라 해도 웬만한 강의는 안 들으려고 한다. 유튜브, 블로그, 밴드방, 카페 등 배울 것과 즐길 것이 널려 있다. 머릿속에 든 지식이 많아도 강의를 못 하는 사람이 있다.

수업을 하다 보면 많은 변수가 생긴다. 수강생 중에는 수업과 관계없이 돌발적인 질문을 하며 수업을 방해하는 사람도 있다. 특히 수강생끼리 지식의 차이가 심하면 개개인에게 더 세심하게 신경을 써야 한다. 수강생들을 포용해 나가는 따뜻한 리더십이 필요하다.

강의를 하려면 처음에는 지역의 작은 도서관이나 요양원에서 봉사하면서 교육 경력을 만든다. 지방으로 가면 강의할 자리가 많으니 시간이 걸리고 힘들어도 경력을 만들어야 한다. 초보 강사는 돈벌이 목적으로 강의하면 실망한다. 직업을 유지하며 강의한다는 건 웬만한 봉사 정신 없이는 힘들다. 특히 예술, 체육 분야에 소질이 있어도 자녀가 예체능으로 진로를 하겠다면 많은 생각을 하고 선택하게 한다. 돈벌이와 관계없이 좋아하는 분야여야 하고 강의료 이외에 내 만족이 있어야 한다. 글쓰기는 체험한 일이 글감이라, 내가 하는 강의는 바로 글감이 되는 것이다. 글을 쓰다 보면 배우는 수강생보다 강의 준비하는 내가 더 배우고 성장하고 있다는 것을 느낀다.

평생교육원에 수강 온 사람이 경로당에서 무료 강의를 해주고 싶은데, 아무나 안 받아준다고 어떻게 강의를 할 수 있냐고 묻는다. 평생교육원, 문화센터, 어르신 센터 등 어디나 강의 경력을 중시한다.

'하나를 가르치려면 천 가지 지식이 있어야 한다.' 특히 나이 드신 분들은 사회 경험이 많고 지혜가 풍부하다. 아무리 무료 강의라 해도 배울 게 없으면 시간 투자하고 앉아 있지 않는다.

또 강의를 하면 돈을 많이 버는 줄 안다. 처음부터 강의하면서 돈 벌겠다는 생각으로 하면 실망한다. 처음에는 강의료가 없어도 봉사하면서 경력을 쌓아야 한다. 경력을 쌓으려면 요양원이나 개별로 운영하는 단체에서 강의하며 봉사한다. 1년만 열심히 하다 보면 경력도 쌓고 내가 가진 것을 나누는 기쁨도 누린다. 처음부터 본업을 강사로 뛰려면 생활이 어렵다.

대학원 다니면서 경력을 쌓기 위해 비싼 비행기를 타고 제주도에서 서울까지 강의하러 오는 학우도 있었다. 대학교수를 하려고 해도 봉사하면서 강의 경력을 만들어야 한다.

내가 아는 지식을 나눈다는 마음으로 일주일에 한 번 글쓰기 강의를 하고 있다. 수업 준비하다 보면 내 공부가 더 많이 되고 수강생들 피드백해 주면서 글감도 생겨 책을 쓸 수 있어서 참 좋다.

긴 시간 특강을 해야 할 때는 많은 준비를 한다. 한 번 맺은 인연은 소중히 한다. 수업이 끝나고 피드백을 해준다. 어르신 센터 접수하는 직원이 말한다. "재수강하는 사람이 많은데 어떻게 수업을 하세요?"

"어르신들이니 섬기는 거지요." 접수받는 직원에게도 감사하다.

결석하면 놓치는 게 많아서 손해라면서 수업을 열심히 듣는 수강생들 눈빛을 생각하면서 수업 준비를 단단히 한다.

내가 상대보다 위에서 가르친다는 생각을 버려야 한다. 수강생들 나름의 달란트를 인정하고 공감한다. 가르치면서 나도 배운다는 자세로 수업을 열어가는 게 좋다.

'야생화 그리기' 강의를 들었다. 명문대 출신 강사인데, 두 시간 수업에 한 시간 지각을 매번 하니, 수업이 부실했다. 질문하는 수강생이 귀찮다는 듯, 한 가지 질문만 받고 오 분씩만 지도하겠다고 '타이머'를 가지고 다녔다. 아무리 실력이 좋아도 그 강사 수업은 듣기 싫어 수강 신청을 포기했다.

두 시간 수업을 위해 일주일 동안 '수강생과 강의 생각'만 해야 양질의 강의를 할 수 있고, 수강생이 발전하는 모습을 보면 흐뭇하다.

내 분야에 봉사할 자리가 생기면 열정을 가지고 참여한다.

강의에 대한 내 설명을 듣던 지인이 이번에는 강의료 없어도 강의를 하고 싶다고 방법을 알려달라고 한다. 요양원이나 수업이 열리는 작은 도서관 등에서 1년 정도 무료 강의해 주며 경력을 쌓으라고 했다. 그런 다음 각 기관에서 강사 모집할 때 지원하라고 했다. 또 처음 강의하는 사람은 평생교육원에서 원데이 무료 특강을 개설하거나 아는 지인들을 모아놓고 '두드림 강좌' 신청해서 강의해도 된다. 수강생들도 웬만한 강좌는 다 터득한 사람들이다. 그래서 평생교육이 갈수록 퇴화되어 가는 느낌이다. 평생교육 전공하고 경력을 쌓아도 강의를 못 하는 사람이 많다. 경험과 지혜가 많은 어르신을 가르치려면 경제, 철학, 예술, 디지털 등 빠르게 흐르는 사회를 읽고 수업에 반영해야 한다. 강의는 웬만한 봉사 정신과 마음가짐 아니면 '돈도 안 되는 일, 계속해야 하나?' 제풀에 지쳐버린다.

인터넷에서 비싼 수강료 받고 강의 기법 알려준다고 광고하는데, 현혹되지 않아야 한다. 시중에 나와 있는 이론서는 참고만 하고 강사가 수강생에게 맞게 연구해서 수업해야 한다. 글쓰기의 경우 수강생이 써 온 글에 피드백을 해줘야 하니 그것이 수업자료라고 보면 된다.

강사나 수강생이나 누가 가르치고 배우고 '영역 나누기'를 떠나 같은 분야에 모임을 만들어 배운 것을 반복하며 의지를 돋우고 다듬어 나간다. 내가 하는 일에 진정으로 만족하는 방법은 내가 하는 일이 사회를 위해 의미 있다는 자부심으로 임한다.

"논 자취는 없어도 공부한 공은 남는다." 속담처럼 배워야 리더도

할 수 있고 가르치다 보면 많은 것을 깨닫고 배우게 된다. 배우는 즐거움이 있어야 가르치는 즐거움도 있다. 수강생에게 하나라도 더 가르치려면 수시로 책을 붙들고 배우면서 연구해야 한다.

'수강생 한 명만 달라지면 된다.'는 마음으로 최선을 다하면 이심전심으로 면학 분위기가 흐른다. 초롱초롱한 눈빛으로 열심히 수업에 임하는 수강생과 만나는 시간이 즐겁다.

2

무대에서 열강도
노력이 우선이다

"유명한 아나운서나 유능한 강사도 무대에 설 때마다 떨린다."고
한다. 나도 강단에 설 때는 긴장한다. 강의는 내가 아는 지식 전달보
다 수강생을 잘 이끌고 갈 리더십이 더 필요하다. 시간이 흐를수록
공부는 깊어지고 수강생들의 눈빛이 빤짝거려 그 열기에 보답하듯
노력을 거듭한다. 수업은 준비한 분량의 6할만 전달되어도 잘한 것
이다.

강의 초반에 설익은 과욕으로 "아는 것 모르는 것 모두 가르치고
그다음은 아는 것만 가르치고, 또 그다음엔 필요한 것만 가르치고 맨
나중에는 기억나는 것만 가르친다."는 우스갯소리가 있다.

배움의 현장에서는 수강생들이 배움의 척도다. 그들에게 맞춰 부
지런히 수업 준비를 해야 한다. 많은 정보를 습득해서 수강생에게 가

르칠 의무로 일주일이 바쁘다.

이해하기 쉽게 예를 들어가며 스토리텔링으로 풀어서 수업하다 보면 수강생의 이해가 빠르다. 본 강의를 풀어서 이야기할 때 수강생이 받아들이는 지식의 속도에 따라 적절한 비유를 해야 한다. 수강생의 수준이 다르니 상, 하. 두 번 설명해 준다. 처음에는 학문적으로 두 번째는 일상생활을 예로 든다. 수강생들 의견을 경청해서 내 경험 사례를 덧붙여 이야기해 주면 수강생들 눈이 반짝거린다. 수강생들이 써 온 글에 피드백을 하며 수업교재로 이용하면 배우는 속도가 더 빠르다. 글을 잘 쓰는 수강생과 초보 수강생을 번갈아가며 써 온 글로 수업을 해준다. 어떤 강의를 하든 무대에 서면 나는 이야기꾼이 된다. 수강생의 수준에 맞는 글감과 분량 선택도 중요하다. 강의 준비는 30% 더 충분히 한다. 현장에서 어떤 돌발 상황이 올지 모른다. 또 수강생들의 생각을 잘 듣고 싶고 궁금해하는 것을 하나라도 더 알려주고 싶어서다.

어떤 날은 컨디션이 안 좋아서 강의하다 쓰러질까 봐 걱정될 때도 있다. 영양제도 챙겨 먹고 컨디션 유지를 위해 신경을 쓴다. 아무리 컨디션이 안 좋아도 무대에서 수강생들의 열의에 찬 눈빛을 보며, 눈 맞춤을 한 사람씩 하다 보면 언제 몸이 아팠냐 싶게 열강을 하는데, 숨어 있는 DNA까지 힘을 모아줘서 거뜬하게 강의를 마친다. 수업 끝나고 집에 오면 아픈 몸으로 강의한 것이 믿기지 않을 정도로 피로에 지쳐 쓰러지고 만다.

매주 두 시간 강의할 분량을 일주일 동안 준비하며 연습하고 강의를 한다. 첫 발표나 강의를 떨지 않고 하는 방법은 가족 앞에서 연습을 해보는 것이다. 강당에서는 객석 앞자리에 눈 맞춤할 지인을 한 분 모셔놓는다. 눈 맞출 때마다 고개를 끄덕이며 웃어주거나 리액션을 잘해주면 긴장이 풀린다. 평소 생활에서도 말하듯이 연습하는 건 기본이다. 너무 잘하려고 하면 떨린다. 그냥 친구와 말하듯 편하게 한다. 강사의 말투가 친근감이 있으면 수강생도 긴장을 풀게 되고 수업 분위기가 업 된다. 내 말투에 사투리 억양이 섞여 가족 이야기를 해주면 김창옥씨나 김미경 강사가 강의하는 것처럼 친근감이 느껴진다고 한다. 강사의 정성이 느껴지면 수강생도 열심히 글을 써 오고 열기 가득한 공부방이 된다.

1년 동안 내 수업에 계속 참여한 기존 수강생이 신입생보다 훨씬 많다. 대기자 명단에 있던 사람들도 다 수업에 들어오게 했다. 글쓰기가 어렵기 때문에 중간에 포기하는 사람도 있다. 글 잘 쓰는 사람들이 들어와서 수준이 어느 정도 맞아 들어간다. 두 명은 초보인지 주눅이 들어 글을 안 써 온다. 수업이 거의 끝나갈 무렵 말했다. 듣기만 하면 귀명창이 되어 듣는 수준만 높아져서 글을 더 못 쓰게 되니 몇 줄이라도 써 오라고 했다.

수강생들의 수준이 많이 달라도 이론은 기본부터 하고 제출한 글은 빨간 볼펜으로 첨삭지도 한다. 신입생 중에도 전공하거나 등단한 사람은 글쓰기를 잘한다. 수필 쓰기를 어느 정도 할 수 있는 사람은 문학적인 글쓰기를 디테일하게 지도한다. 스토리텔링 글쓰기로 지도하면 다양하게 쓰는 글만큼이나 배울 게 많다. 또 책을 쓸 사람은 메모만 쓰더라도 문학 쪽에 발을 계속 담가야 글을 쓰게 된다. 운동도 헬스장에 가야 제대로 하듯, 문학 하는 분위기에 발을 담그고 있어야 글을 계속 쓰게 된다.

　강의를 하는 사람은 기회가 있을 때마다 스피치 교육을 배우는 게 좋다. 무대에 서면 지식 전달보다 수강생을 리드하며 분위기를 잡아나가는 게 더 중요할 때도 있다. 강당에서 수강생과 커뮤니케이션을 하다 보면 변수가 생길 수 있다. 수강생을 위한다는 기분이 전달되게 일일이 눈 맞춤 수업을 진행해야 한다. 쉬는 시간에 개인적인 질문도 들어주고 눈 맞춤도 하며 수강생에게 수업 내용을 읽게 하거나 질문을 하며 수업이 지루하지 않게 한다.

　능숙하게 글을 잘 쓰는 수강생과 초보 수강생 작품을 번갈아가며 수업을 한다. 이론적인 설명을 할 때 기존 수강생은 두 번 듣더라도 이해를 하라고 양해를 구한다. 1년 정도 배운 수강생이라 수필을 잘 썼는데, 문단 나누기를 알려주니 첫 문장을 예전처럼 써 와서 지적을 했다. 내 지적에 신입 수강생이 이론서를 들고 엉뚱한 질문을 했다. 수강생 질문에 답을 해줘도 계속 질문을 해대며 수업을 방해했다. 어르신 수강생이라 지적을 할 때도 미리 양해를 구해 지적을 한다. 어른들은 기가 성해서 남에게 하는 말도 자기 귀에 끌어다 들으며 화를 내는 경우가 있다. 수업할 때 지적을 하면 남에게 하는 말도 내 말로 듣고 큰 노여움을 느낀다. 습관 고치기는 나이와 비례한다. 산수의 나이가 되면 자기의 고집을 꺾지 못하고 글쓰기를 포기하기도 한다. 어려운 글쓰기 과정을 넘어서지 못하면 수강생들이 포기하고 싶어 한다.

　글쓰기는 수강생과 강사가 함께 노력해야 한다. 글쓰기를 사람에게 배우려 하지 말고 "잘 쓴 책을 읽는 것이 배우는 것이라."는 말이 맞을 수도 있다. 하지만 초보들은 본인의 글쓰기 수준이 어느 정도인지 피드백을 받아야 한다. 책을 많이 읽어도 읽은 책을 요약만 하지 글쓰기에 적용을 못 하는 경우도 있다. 글쓰기는 피드백을 잘해주는 강사에게 배우는 게 빠르다. 어느 부분에 서사나 묘사가 부족한지 빨간 펜으로 첨삭지도를 해준다.

나는 내성적인 성격으로 부끄러움을 많이 탔다. 어릴 때는 부끄러워서 남의 집에서 밥도 못 먹었다. 사회생활을 하려면 성격을 외향적으로 개조해야 했다. 봉사활동도 맨 앞에 나서서 했다. 또 연극도 배우고 뮤지컬도 했다. 연극을 연습할 시간이 없어서 아침 둘레길 돌다가 걸으면서 연습을 했다. 뮤지컬은 노래와 춤도 춰야 한다. 걸으면서 연습하다가 남들이 쳐다볼까 봐 사람이 없는 곳에서만 했다. 가만히 생각해 보니 무대에 서면 많은 관객 앞에서 해야 한다. 어차피 사람 앞에서 할 건데, 버스킹한다고 생각하고 남이 보든 말든 사람이 왕래하는 길에서 노래하고 춤 연습을 했다.

발표나 연설, 강의를 잘하려면 남 앞에서 말하기 연습을 부단히 해야 된다. 글 쓸 때도 친구를 앞에 놓고 말을 조리 있게 다듬어서 수다 떨 듯하고 쓴다. 내가 한 말은 내가 먼저 듣기 때문에 구조화를 이루고 말이 엉킨 부분은 바로잡아야 한다. 연습할 상대가 없으면 강아지나 집 기둥이라도 붙들고 연습하는 게 좋다. 나는 산속에 걸어가면서 줄지어 서 있는 나무가 관중이라 생각하고 연습하기도 했다.

강의 준비는 결국 내 공부이기에 강의하려고 책을 읽더라도 지식을 흡수하는 깊이가 다르다. 시험 보듯 가설을 세워가며 외우기 때문에 메타인지 기능이 높아진다.

공부하고 노력하는 하루하루가 나를 만들어 간다. 강의 준비하고 공부하는 것은 남을 가르치기 위함이 아니라 날마다 나를 일으켜 세우는 연습이다. 계속 노력하지 않으면 인지 기능이 퇴화해 버린다.

대화를 하다가도 무슨 물건인지 형태는 알겠는데, 갑자기 이름이 생각이 안 날 때가 있다. 또 핸드폰을 TV로 엉뚱하게 말하기도 한다. 책 읽고 쓰는 것은 퇴화해 가는 뇌의 기억에 날마다 기름칠을 하고 남들보다 두 배 즐기며 사는 것이다.

'밥한 술에 힘이 되는 줄은 몰라도 글 한 자는 힘이 된다.'는 '속담'이나 '고사성어'를 외우며 무대에서 떨림을 설렘으로 기분 전환해 본다. 두려움은 사라지고 기쁜 마음으로 신들린 강의를 하는 나를 발견하게 된다.

마음이 설레는 첫 수업

기관에서 분기별로 10회 진행되는 4분기 첫 수업이 시작되었다. 강의하는 날은 30분 전에 도착한다. 대학 강의할 때 수업 시간에 맞춰 허겁지겁 도착하면 첫 시간 수업을 제대로 할 수 없었다.

강의실에 들어서니 항상 일찍 오시던 수강생이 한 분이었는데, 이번에는 세 분이 먼저 와 있다. 수업 시작 전에 일찍 강의실에 들어오는 사람은 그 과목에 흥미를 느끼고 있기 때문에 인사를 나누며 열심히 해야겠다는 각오를 한다. 수강생이 다 들어왔다.

"와! 제 수업에 남자 수강생은 한 분도 없었는데 여기 오니 남자분이 반이나 되네요. 조화로운 분위기에 마음이 설레고 책임감이 확 느껴져요."

남녀 수강생 비율이 맞아야 수업 분위기가 좋다.

강사 소개를 하고 나의 버킷리스트 다섯 개를 소개했다. 수강생들에게는 버킷리스트 세 개 이상 쓰고 그 이유를 옆 사람에게 소개하면 옆 사람은 짝꿍의 버킷리스트를 오감(五感)의 미사여구를 동원, 흥미롭게 소개하라고 했다. 그다음 본인은 글쓰기 수업을 어떤 마음으로 왔는가? 글쓰기를 어디까지 하고 싶은가. 본인의 글쓰기 실력은 어느 정도라고 생각하는가? 이 수업에서 무엇을 배우고 싶은지 발표하라고 했다.

대부분 환갑을 넘긴 어른들이라 처음에는 내 말을 이해를 못 한 것 같다.

"강사가 수업 진행해야지. 왜 이런 것을 시킵니까?"

"이게 수업입니다. 오늘이 오리엔테이션 시간입니다. 제가 여러분이 어떤 생각으로 글쓰기 수업을 들어오셨는지, 어디까지 배우고 싶은지, 또 어느 정도 글 쓰는 실력이 되는지 알아야 거기에 맞게 수업을 합니다."

옆 사람을 파악해서 소개하니 얼굴도 익히게 되어 어색함이 사라지고 첫 수업부터 강의실이 화기애애하다. 앞쪽에서 소개를 하고 있는데 웅성거리는 소리에 잘 안 들린다. 모든 수강생이 주의해서 들어야 하는데 자기 차례 준비하느라고 강의실이 윙윙거린다.

"뒤쪽은 지방방송 끄시고 남의 이야기를 잘 들으세요. 귀명창이 되어야 글을 잘 쓸 수 있습니다."

"83세인데 지금도 일을 하고 내가 살아온 과정을 자서전을 쓰고 싶어요."

뒤쪽에 아주머니가 손을 번쩍 들었다.

"지금 무슨 일 하시는데요?"

"부동산 중개업을 하는 공인중개사입니다."

"우아! 나의 버킷리스트가 80세까지 일하는 건데요. 모델이 제 앞에 계시네요. 건강 잘 관리하시고 저희들의 영웅이 되어주십시오."

내가 만난 수강생 중 최고령자였다. 열심히 살아왔다고 자부했던 명함을 감추고 싶을 정도로 참 존경스러운 분이다. 대부분 늦게까지 건강하게 활동하고 싶다는 소망이었다. 자서전과 책을 쓰겠다는 사람이 반 정도 되었다.

맨 뒤에 앉은 남자 수강생은 정년퇴직 후 부부가 얼굴만 보고 있으니 맨숭맨숭하고 심심해서 수업에 들어왔다고 한다. 여러 강좌를 훑어보니 글쓰기 수업이 제일 만만한 것 같아서 신청했는데, 오늘 수업을 들어보니 제일 어려운 수업 같다고 웃었다. 부부가 어떻게 하면 사이가 좋아질 수 있는지 고민이라고 한다. 걱정 마시라고 했다. 글을 쓰게 되면 이타심으로 쓰게 되니까 상대의 입장부터 헤아리니 부부가 이해하고 좋아질 수 있다고 내 경험을 말했다.

귀신도 말을 해야 알아들으니 사랑하는 마음도 고마움도 자주 표현해 주라고 했다.

'몇십 년 함께 살았으니 말 안 해도 알겠지.' 어떤 마음인지 표현을 안 하면 모른다. 사회에서 고위직에 있으면서 한자리했을 표정이 젊어 보이고 외모에서 당당함이 풍긴다. 나이를 밝히는데, 10년은 더 젊어 보여 깜짝 놀랐다.

"여기 오신 분들은 방부제 쌀을 주식으로 드셨나 봐요? 나이는 효소로 분해시켰나요? 각 분야에서 자원봉사하신 분들이라 존경스럽습니다. 예우를 충분히 하겠습니다. 저는 글쓰기를 여러분보다 반보 앞서니까 최선을 다해 글쓰기 마중물을 해드리겠습니다."

수강생들 고민을 듣다 보니 내 글에 주인공으로 등장했던 남편에게 했던 말이 생각났다.

"당신이 내 수필에 악역으로 등장할 수도 있으니 화내지 마세요."

"괜찮아, 모델 한 번 하고 나면 우리 사이가 발전하잖아?"

부부가 할 말이 없어서 심심할 때 글쓰기는 참 좋은 공부다. 작가는 힘들고 지친 독자가 기댈 한쪽 어깨를 내어주는 것이다.

교재용으로 가지고 있는 책 열다섯 권을 소개했다. 사진을 찍는 수강생에게 말했다.

"글쓰기에 도움이 될 교재는 제가 따로 올려드릴게요. 책을 도서관에서 빌려보고 꼭 필요한 책만 구입하세요."

수필 쓰기는 소재를 못 찾아서 힘들어한다. 마중물 역할을 잘해주면 한 편의 수필을 쉽게 쓰리라 생각한다. 기본 쓰는 법에 대해 말했다.

"기본은 꼭 지켜야 하는 약속이에요. 기본 하면 뭐가 생각나세요? 술집 가면 안주 하나 맥주 세 병이 기본으로 나와요. 술 못 마신다고 하면 음료수로 바꿔주는데, 콜라나 사이다 다섯 병 가져와요."

"킥 킥." 남자들이 웃는다.

"술을 못 마시면 음료수라도 기본으로 계산합니다. 글자는 11포인트, 자간 간격은 16%, 글쓰기 분량은 A4 1.5~2매 이내로 쓰는 게 수필 쓰기 규칙입니다. 낙서하듯 끄적거려도 1.5매 이상은 분량을 맞추는 습관을 들이세요. 기본에 안 맞추면 출판하기 힘들어요."

수강생들의 수업에 대한 다짐이 이어진다. 다른 데서 글쓰기 수업을 들었는데, 글을 써서 제출하면 10회 끝날 때 겨우 한 번 첨삭지도 해줘서 답답했는데, 강사님은 써 온 글 전부 첨삭지도 해주니 궁금증이 해결되고 배우는 게 빠르다고 한다. 일반 글을 써보긴 했는데, 어디에 살을 더 붙여야 할지 빼야 할지 몰라서 배우고 싶다고 했다. "걱정 마세요. 과제물만 해오면 개인 과외 하듯 여러분의 글을 빨간 펜으로 일일이 첨삭지도 해드리겠습니다. 그동안 써놓은 글 전부 가져오세요. 첨삭지도 받고 수정한 글 다시 가져오세요. 한 편만 제대로 쓰면 수필 쓰는 법은 쉬워져요. 그다음은 퇴고를 거듭하면서 '잡초 같은 글을 화초로 다듬어 가는 거지요.'

수강생 여러분 수준이 다르듯 본인 노력 여하에 따라 청출어람이 가능한 것이 글쓰기입니다. 그래서 퇴고를 끝이라 안 하고 퇴고 중단하고 책을 내는 거예요.

글쓰기는 기본이 겸손입니다. 독자를 위한 이타심으로 글을 써서 한 명의 독자만 감동해도 됩니다. '글쓰기는 상대평가가 아닙니다. 나만의 색깔로 글을 쓰면 됩니다.'"

"오랜만에 세포가 살아 숨 쉬는 기분이었습니다."

"고희를 넘긴 나이에 글쓰기에 도전하니 소녀가 된 기분입니다."

수강생의 감사 말에 첫 수업에 내가 감동을 받는 순간이었다.

'흐르는 물은 썩지 않는다.' 끊임없이 글쓰기 공부를 하다 보면 수강생과 내가 급변하는 시대를 잘 소화하리라 믿는다.

공부하는 귀한 인연

"강사님 보고 놀랐습니다. 10년 전보다 더 예뻐졌고 나이도 그대로인 것 같아요. 다른 분야 강의했던 교수님이 문학 강의를 하는 것 보니 두 번 놀랍네요. 강사님이 무엇을 하든 꼼꼼하게 하고 자원봉사도 내 일보다 더 성실하게 하는 것 보고, 늘 어디 사는지 궁금했는데, 여기서 뵙네요."

"기억을 못 해서 미안합니다."

"그때 자원봉사하면서 학생들께 강의했어요."

"네."

그러고 보니 ○○여학교에 있는 학생들이 참관 수업 왔던 기억이 난다. 그 학생들 자기 분야에서 열심히 노력하며 살아가도록 도와주었던 기억도 새롭다. 다른 사람은 나를 기억하는데 나는 일일이 다 기억하기 힘들다. 지역에서 봉사활동을 오래 했으니 나를 알아보는 사람이 많다.

평생교육원에서 원데이 클래스로 하루 일곱 시간 강의할 수업계획 서를 내라고 했다. 서울로 강의를 나가고 있고 본업이 있는 내가 수업을 진행하는 것은 무리인 것 같아, 다른 임원에게 하라고 했다. 회장님이 마감이 하루 남았다고 재차 수업계획서를 내라고 재촉했다. 작년에 나한테 수업받았던 수강생들이 강의를 해달라고 했던 말이 생각났다. 대기하고 있는 인원으로도 수업을 할 수 있어서 신청했다.

승인 기관 담당자가 글쓰기가 어려운데 이 많은 과정을 하루에 수업지도하기 힘들고 수강생 모집도 힘드니 '만들기'처럼 쉬운 강좌로 신청하라고 했다. 우여곡절 끝에 '글쓰기'도 신청하고 회장님은 '뜨개질로 가방 만들기'를 오전, 오후반 나눠서 신청했다고 한다.

글쓰기는 열다섯 명 정도 신청했는데, 개인 사정으로 여섯 명이 취소했다. 인연이 아니면 어쩔 수 없다. 글 쓰려고 굳게 마음먹어도 끝까지 해내는 사람은 드물기 때문이다. 글쓰기는 배우는 기간이 오래 걸린다. 도서관에서 6개월 과정으로 스무 명 모집에 수강생이 대기자가 있을 정도로 인기가 좋았다. 수료할 때쯤 네 명만 남아 있을 만큼 글 쓰는 과정이 힘들다. 한 사람은 아버지 기일과 겹쳐서 수업을 못 듣겠다고 무지 애석해했다. 수업을 하려면 이렇게 변수가 생긴다. 학생들은 공부가 본업이라 수강 신청 하면 끝까지 하는데, 수강생들은 직장일, 집안일이 우선이라 급한 일이 생기면 어쩔 수 없이 수업을 접는다. 신청자의 30%는 수업을 포기했다. 교회, 절, 성당에 시간 맞춰가서 기도할 수 있는 것도 큰 복이라더니, 원하는 수업 들을 수 있는 것도 큰 행운이다.

긴 수업 시간을 혼자만 떠들 수 없다. 수강생 글을 미리 읽어보고 피드백을 해주면 좋을 것 같다. 수강생들도 일방적으로 글쓰기 강의를 듣는 것보다 자기가 쓴 글을 첨삭해 주는 것이 효율적일 것 같아 수강생들에게 아무 글이나 써서 카톡으로 보내라고 했다.

「스티브 잡스의 스탠퍼드대학교 졸업식 축사」와 『90년생이 온다』를 읽고 토론할 생각을 하고 오라고 했다. 글을 써 보낸 사람은 두 명이었다. 한 분에게 글을 수필처럼 수정해 다시 올리라고 첨삭지도 해줬는데, 묵묵부답이다.

같은 사람들과 하루 종일 수업하는 게 힘들다. 대학에서 하루 여덟 시간씩 같은 학생들과 2년을 수업했다. 해외여행, 대회 이야기, 어릴 때 살았던 시골 이야기 등 별의별 이야기를 하면서 수업이 지루하지 않게 다양한 이야기를 들려주었다.

글쓰기 수업 개강도 하기 전에 수강 신청자가 들쑥날쑥해서 카톡에 읽을 자료를 반복해서 올렸다. 수강생이 열정적인 강의도 좋지만, 질린다면서 수업을 취소하고 카톡방을 나갔다. 강의할 때는 가는 사람 안 붙들고 오는 사람 안 막는다. 글쓰기는 고시공부 하듯 꾸준함과 열정이 있어야 해낼 수 있다. 마음의 준비가 단단하지 않으면 수업도 건성으로 듣는다. 어떤 분야 공부를 시작할 때는 현재 상황에 충실하는 게 좋다. 학교에서 수업 시간에 다른 과목 펼쳐놓고 공부하고 있는 학생들을 보면 한심하다. 뭐든지 잘하는 사람은 한 가지 일을 자기가 만족할 수준까지 철저히 하는 것이다. 글 한 편 제대로 쓰는 사람이 다른 글도 잘 쓴다. 그러기 위해서는 자기가 정한 수준까지 내일도 모레도 걱정 말고 지금 이 순간 일 분, 일 초를 몰입해서 한 문장이라도 제대로 써보는 것이다.

자서전 쓸 때까지 마중물 역할을 하려는 마음이라 수강생들과 한 번의 수업이라도 인연을 이어가려고 한다.

아침에 한의원에서 침 맞고 왔다는 수강생 한 분이 허리가 많이 아프다며 오후 수업부터 의자에 누워서 수업을 듣는다. 웬만하면 집에 갈 텐데 배우려는 의지가 대단하다. 이순이 넘은 나이에 석사 논문을 걱정하던 사람이다. 힘든 삶을 이겨내는 방법을 찾으니 '책에 답이 있다.' 해서 책 읽기 위해 글 쓰는 수업에 들어왔다고 한다. 책에서 삶의 답을 찾으려면 책 읽고 생각을 숙성하는 시간도 가져야 한다. 대학에서 산업체반 성인 학생들 가르치던 생각이 났다. 나 역시 아픈 것도 참아가면서 해냈던 공부다. '공부하려는 의지'로 불타는 대단한 엄마들이 지역을 밝히고 있다.

종일 무보수로 수업 챙겨주는 회장님이 참 감사하다. 공부로 맺어진 인연, 좋은 향기가 학습의 거리에 솔솔 퍼져나가고 있다.

"어리석은 사람은 인연을 만나도 몰라보고, 보통 사람은 인연인 줄 알면서도 놓치고, 현명한 사람은 옷깃만 스쳐도 인연을 살려낸다." 피천득 선생님 말이 공감이 간다.

이번 강의는 '공부하는 인연 연결'하기다.

5

「구노의 세레나데」와
「글쓰기 영원한 초보」

수강생이 쓴 글 두 편을 읽었다. 「구노의 세레나데」는 음악처럼 잔잔한 부드러움이 느껴져 읽다 보면 봄을 맞이하는 기분이 든다. 수목원 관람하면서 「구노의 세레나데」를 첫사랑과 함께 들으며 행복한 기억을 회상하는 클래식 같은 글이다.

「영원한 글쓰기 초보」는 완벽하지 않은 글은 안 쓰겠다는 단호한 어조로 쓴 내용이다.

"기본을 건너뛰거나 이지적이지 못한 사람은 절대로 훌륭한 저술가가 될 수 없다. 소싯적에 쓰기와 읽기 그리고 학구적 정서 함양에 소홀했던 사람은 어른이 되어 아무리 노력해도 그 문장력에 한계를 보이는 것이다. (중략) 특히 요즘 책들은 대부분 자기도취에 빠져 쓴 글들로 채워져 있어 읽고도 남는 게 없다. 나는 자주 서점에 가서 신간을 접한다. 서문과 차례를 먼저 읽어보고 시원찮아 보이는 책은 도로 놓아버린다."「영원한 글쓰기 초보」 일부

목차와 책 제목만 보고 내용도 읽지 않고 남의 글을 호되게 비판부터 하는 수강생의 글을 읽고 나니 '기초도 부족한 사람이 감히 글을 써?' 호되게 뒤통수를 맞은 느낌이 든다.

수강생은 고등학교 때 유명한 문학 선생님께 호되게 야단맞아 가면서 엄하게 글쓰기를 배웠다고 한다. 그때 생각으로 지식이 완전하지 않은 사람은 글을 쓰지 말라는 생각인 것 같다. 이것은 막 걸음마를 배운 아이에게 똑바로 걷지 못할 거면 발걸음도 떼지 말라는 말과 같다.

독자들이 제목과 차례, 앞 페이지만 읽고 구매를 결정한다는 꼼수를 알기에 작가들도 그에 대처한다. 문패와 같은 책 이름에 심혈을 기울이고 제목은 '광고 카피'처럼 구미가 당기게 쓰고 비중 있는 글은 앞면에 배치한다.

책 구입할 때 알아야 할 것이 있다. 아무리 뛰어난 작가도 자기 수준 이상의 경험을 쓰기 힘들다. 대학교수를 안 해본 사람은 대학생 지도했던 이야기를 써낼 수 없다. 회장이나 사장을 안 해본 사람이 리더의 역할과 고충을 쓸 수 없다. 리더의 역할에서 느낀 감정은 자기가 경험한 직분의 과정만큼만 쓸 수 있다는 것이다.

대학 다닐 때 '시'를 지도하는 교수님은 깐깐했다. '시' 과제물을 해가면 눈물이 쏙 빠지게 평을 하며 야단을 쳤다. 깐깐하게 지도한 교수님 말씀이 무서워 지금도 시 쓰기를 망설이고 있다. 「글쓰기 영원한 초보」를 쓴 수강생이 수필 쓰기를 망설이는 마음이 이해가 된다.

"화자가 누구냐? 누가 주인공인지 알아야 독자가 이해를 하지. '시'는 사진 한 장에 담긴 풍경을 '순간포착' 해서 표현하는 거야."

'수필은 사진 한 장 찍기 전의 마음과 분위기까지 전체를 묘사하고 '시'는 사진을 처음 본 느낌의 순간을 포착해서 '심상'으로 써야 하는 것'으로 이해되었다.

새내기들이 써간 '시'가 교수님 입맛에 맞을 리 없었다. 내가 '눈나무'를 의인화해서 눈 쌓인 나무에 바람이 불어 눈을 이고 있는 풍경을 보고 "바람이 나무의 머리카락을 커트했다." 시를 썼다. 학우들은 내 '시'가 참신하다고 세심한 관찰을 해서 쓴 시라고 칭찬했다. 교수님은 타과에서 온 남학생의 시는 칭찬해 주고 내 시는 야단만 했다.

'주막집 주모가 따라주는 막걸리의 맛'을 쓴 글이었는데, "짧은 밤 삼만 원 긴 밤 오만 원" 그런 내용이었는데, 여학생들은 이해를 못 하고 그런 걸 '시'로 쓰냐고 깔깔 웃었다. 지금도 그 말이 기억에 남는 것 보니 잘 쓴 '시' 가 맞나 보다.

교수님은 '시' 작품 평가보다 학생 개별로 지난주와 비교해서 노력한 흔적을 칭찬한 것 같았다. '시' 쓰기를 처음 입문하는 학생들에게는 칭찬을 많이 했다. '시' 씨앗이 발아도 하기 전에 야단을 치면 '시' 쓰기를 포기할까 봐 배려한 수업을 했다.

글이란 독자가 해석하기 나름이니 각자 주관적인 느낌이 다르다. 좋은 작품이 아니라는 느낌이 들어도 나쁘다는 평가는 눙친다.

수강생의 글 한 편을 다 읽고 나니, '라떼는 말이야!' 서두로 제대로 지식을 겸비하지 않은 사람은 글을 쓰지 말라는 느낌이 들어 뒤통수를 한 대 심하게 맞은 것 같았다. 독자를 위한 글을 쓰려면 같은 뜻이라도 문체를 부드럽게 써야 한다. 무엇을 하라 마라 명령하는 글은 독자가 외면한다. 경험을 쭉 풀어놓고 화를 내든 칭찬을 하든 독자가 선택하게 해야 한다. 좋은 수필을 쓰려면 문학적인 글을 많이 읽어야 한다. 수필은 시가 주는 이미지의 새로움과 소설이 주는 서사의 참신함을 알고 쓰면 좋은 문장을 쓸 수 있다. 수필은 비유와 유추의 문학으로 시의 장점과 소설의 장점을 두루두루 잘 활용할 수 있는 장르다.

시를 모르고서는 운율이 넘치는 글, 비유를 능숙하게 사용하는 글을 쓸 수가 없다. 진한 국물을 우려낸 함축의 묘미, 한 자라도 줄여야 할 문장, 독자가 읽는 심상, 언어의 전이 등, 시적 기법을 수필에 적절히 활용해야 한다. 수필 쓰기는 독자를 가르치는 것이 아니라 내 경험, 내 생각을 독자와 나눈다는 마음가짐으로 쓰면 마무리는 독자가 할 수도 있다.

「구노의 세레나데」 잔잔한 음악이 귓가를 맴돈다. 문체가 부드러우면 화가 나는 부분에서 화를 내야 하는데 부드럽게 처리하면 글 읽는 맛이 없고 가독성이 부족하다. 글의 내용에 따른 문체 훈련을 어떻게 지도할지 고민이다.

「글쓰기 영원한 초보」에 칼칼한 혹평을 한 수강생의 마음가짐이 정화되게 어떻게 풀어줄까 지혜를 모아본다.

경험을
풀어가는
글쓰기

말 허기증

챗GPT는 대화하는 인공지능이다. 의사 시험, MBI 검사도 통과하고 눈부실 정도로 발전하는 AI 시대에 '경로당 대화'가 따로 있을 정도로 나이 든 사람들은 말 허기증이 난다.

작가는 급변하는 시대의 흐름을 잘 포착해서 말의 건조 시대, 사회를 해석하는 방법을 잘 찾아서 질문해야 챗GPT도 제대로 활용할수 있다. 챗GPT에게 질문을 잘하려면 글쓰기는 필수다. 남의 말은 듣지도 않고 각자 떠들고만 있는 나이 든 사람들의 '말 허기증'을 챗GPT에게 글로 질문하면 해결될 것이다.

식당에서 옆자리에 앉은 남자 어르신들이 대화를 하면서 말하려는 열매 이름이 생각이 안 나서 낑낑대는 것을 보고 웃음이 났다. 내용은 알겠는데 열매 이름이 생각이 안 나는지 상대방에게 계속 설명한다.

"봄에 열매가 후두둑 떨어져서 술도 담그고 효소도 담갔는데, 이름이 생각이 안 나네."

"개복숭아?, 블루베리, 아로니아? 오디 열매?"

"아니, 그게 아니고 큰 대추만 하고 파란 열매 따서 술도 담그잖아. 눈앞에 그것이 왔다 갔다 하는데 이름이 생각이 안 나네."

옆에서 밥 먹던 나는 그 말을 듣고 답답해서 나도 모르게 말했다.

"매실이요?"

"아, 맞아, 매실. 저 아주머니가 우리보다 젊은가 보네. 하하."

일요일 오후, 장 보러 가는데 맞은편에서 할머니가 보행용 유모차를 밀면서 오신다. 나와 눈이 마주치자 "방앗간에 왔는데 문을 닫았네." 처음 보는 분이다. 그분이 날 아는 사람으로 착각한 것이 아니라 마주친 사람에게 말을 걸고 싶은 것이다. 딱히 나와 이야기를 하겠다는 의도는 없는 것 같다. 혼잣말로 중얼거리지도 않고 분명히 나를 보며 입을 열었다.

"네, 일요일이라 문을 닫았나 보네요."

보행용 유모차를 밀고 방앗간까지 헛걸음을 한 것이 속상한 모양이다.

그분을 지나치며 생각했다. 혹시 저분의 짧은 말 한마디가 오늘 처음 사람의 눈을 보며 했던 말일까? 나이가 들면 사람들과 대화할 기회가 줄어들어 말에 허기증이 생긴다. 길에서 만나는 할머니들은 상대에 대한 경계도 안 하고 꼭 대답을 듣겠다는 생각도 없이 말을 건다.

병원에서 대기하고 있는데, 간호사가 말한다.

"어르신 진료가 한 시간도 더 남았는데, 벌써 오셨어요?"

"한 시간 곧 지나가. 빨리 온 게 아녀."

젊은 사람들은 예약 시간에 맞춰 도착하든가 조금 늦든가 하지, 한 시간이나 일찍 와서 기다리지 않는다. 아니 일찍 왔어도 커피숍이라도 들렀다 오지, 병원에서 지루하게 기다리지 않는다. 어른들이 사람이 많은 은행이나 병원에 일찍 가는 것은 사람의 표정도 보고 와글와글 분위기에 젖고 사람 사는 냄새를 맡고 싶어서다. 그러니 간호사라도 말을 걸어 주는 게 얼마나 반가운지 모른다. 나이 든 사람들은 말이 고파 말벗이라도 하려고 요양사를 부르기도 한다.

TV에서 트로트 우승자들은 초대해서 대화를 나눈다. 트로트 우승자 중 정통 트로트 가수, 뮤지컬 전공 트로트 가수, 성악 전공 트로트 가수의 각 특징을 기막히게 흉내 내며 여자 기성 트로트 가수가 '정통 트로트'에 대해 설명을 했다. 남자 기성 트로트 가수는 여자 트로트 가수의 평에 대해 지적을 했다. "구태의연한 과거의 트로트보다 다른 장르가 섞인 트로트가 세계적인 'K 트로트'가 될 것이다. 시대에 따라 퓨전 트로트에 대한 해석도 달라져야 한다." 정통 트로트만 고집할 게 아니라, 시대의 흐름에 따라 새로운 트로트 창법을 발굴해서 세계적인 트로트로 발전시켜야 한다는 말에 동감한다.

개인주의가 만연되다 보니 사람들은 대화 허기증을 느낀다. 나이 들수록 대화 상대가 없어서 외로움을 더 깊게 느낀다. 말의 건조 시대가 유행처럼 사람 사이에 커튼을 만들었다.

시골 할머니들을 많이 만나는 곳은 오일장이다. 장날이 되면 어른들은 가까운 곳에 마켓이 있지만 장으로 간다. 꼭 살 물건이 있는 건 아니다. 할머니들은 장바구니 하나씩 들고, 길모퉁이에 앉아 두런두런 말을 나눈다. 시끌벅적한 분위기에 매료되고 그간의 안부를 묻는 소리가 군중 속에 묻혀도 좋다.

"손자 신발을 넉넉하게 샀는데, 너무 크다고 안 신는다는 거여!"

절대 가난의 시대를 살아온 어르신들은 커가는 아이들 옷도, 신발도 사이즈가 넉넉한 것으로 사서 입힌다. 그래야 동생에게 물려 입힐 수도 있기 때문이다.

어르신들은 말이 고프다. 말을 걸며 관심 가져주면 무척 좋아한다. 과한 표현으로 좋아해 주면 어린애들보다 더 좋아하신다.

나이 드니 아이들도 분가를 하고 남편도 자기 방으로 들어가 말 섞을 상대가 없다. "하루 종일 떠들어 주는 TV가 고맙다."는 할머니들이 우리의 어머니다. 아이들만 사회적인 관심이 필요한 것이 아니다. 어른들과 젊은 세대가 아우를 수 있는 사회 시스템을 만들어야 한다. 어른들은 힘든 세월 험한 일 해가며 희생했는데, 젊은 사람들이 몰라줘서 억울하다는 타박은 안 한다.

나는 말이 하고 싶으면 글을 쓴다. 컴퓨터 자판을 두드리는 일방적인 수다지만 감사하다. 일상에서 풀지 못한 대화의 결핍, 수다를 해소하는 방법이 글쓰기다. 글을 블로그에 올리면서 독자의 공감을 기다린다. 댓글은 공감의 반응이다. 글로 써서 카톡이나 인터넷에서 공감을 기다리는 마음은 사람 냄새가 그립기 때문이다. 말을 걸면 대답해 주는 반응이 반갑다.

글을 쓰는 작가는 많은 사람과 수다를 떨어야 하는데, 개인주의로 흐르고 온라인 세상이 되어 가면서 점점 말을 주고받을 일이 적어진다. "일상이 우리가 가진 전부다." 카프카의 말처럼 아무 말 잔치라도 하며 살아야 사람 사이에 정이 흐를 것이다.

팔순이 넘어 글쓰기를 즐기며 사는 사람은 챗GPT에게 "된장국 끓이는 법 알려줘." 대화하며 혼자서도 외롭지 않게 나이 들 수 있다. 나는 어르신들을 만나면 챗GPT 똑똑한 말 친구를 두라고 챗GPT 사용법을 기를 쓰고 알려준다.

2

경험이 아플수록
아름다운 옹이를 만든다

내가 글을 쓰는 이유는 내 마음 치유하는 데 큰 도움이 되었기 때문이다. 아픔이 느껴지는 일에 반복적으로 세 번 정도 글을 쓰면 그 아픔이 엷어졌다. 경험에 의한 치유법을 글쓰기 지도하면서 증명해 주고 싶었다. 작가들이 부끄러움을 무릅쓰고 왜 자기의 치부를 드러내며 글을 쓰는가. 작가가 되어 내 글을 출판할 수 있는 것도 큰 '달란트'다. 사람은 가진 역량으로 사회를 위해 해야 할 역할이 있다. 그것을 실천하기 위해 기꺼이 나의 과거를 드러내면서 글을 쓰며, 안 썼으면 하마터면 놓칠 뻔한 나의 역사를 사회에 방목하는 것이다.

자기의 과거가 드러나는 것이 발목을 잡아, 팩트를 써야 하는 수필을 안 쓰겠다는 수강생이 있다. 과거의 어떤 아픔이라도 이겨낼 담금질을 해가며 용기 있게 수필을 쓰는 이유는, 누군가의 글을 읽고 자양분을 얻어 나를 키웠기 때문이다. 다행인 것은 내가 살아오면서 이타심으로 30여 년 봉사한 경험과 공부한 것이 독자에게 줄 수 있는 거름이 되고 있다.

되돌아보면 안일하게 살지 않고, 고난이 닥쳐도 기꺼이 뛰어들어 최선을 다해 살아온 나에게 박수를 보낸다.

『하마터면 놓칠 뻔했다』 '가제'를 달아서 어른을 위한 그림책을 완성했다. 뭔가 완성을 이루려면 기간을 정하고 하라는 말이 맞았다. 작년부터 그림만 대강 몰아서 그리고 글은 나중에 하나씩 써서 완성하자고 시작한 지 1년이 지났다. 그러는 사이에 그림을 색연필로 덧입히고 다른 그림으로 바꾸기도 했다. 색연필은 시간이 지날수록 색이 흐려진다. 색을 보호해 주는 코팅제도 있었지만 완성되지 않은 작품에 바르긴 일렀다.

글을 쓰기 시작하니까 평소에는 떠오르지 않던 지나온 일들이 스크린 화면을 지나가듯 무의식중 떠오른다. 어떻게 먼 옛날 기억까지 세세히 떠오르는지 나도 놀랄 지경이다. 과거의 기억을 살려 글을 쓰다 보면 펜에 기억을 끌어오는 갈고리가 달린 것처럼 생각하지도 못한 추억들이 술술 써지는 경험을 했다.

'이건 글 신(神)이 글 주머니를 가져다주는 거야!'

글을 쓸 때는 미래만 상상하는 게 아니고 과거 경험도 상상을 해서 글을 쓴다. 외국 유학 간 자녀들 집을 방문하면서 방학 때마다 딸과 행복한 시간을 보낸다는 수강생에게 말했다.

"여행하며 즐거운 것만 나열하지 말고 딸을 유학 보내기 위해 고생했던 기억도 쓰세요. 잘 자란 딸이 외국에서 잘 살고 있어서 덕을 보고 있는 심정을 쓰세요."

"자랑하는 것 같아서 못 쓰겠어요."

"그건 자랑이 아니고 경험한 사실을 쓰는 것이에요. 자녀를 해외 유학 보내고 기러기 가족으로 지내는 사람과 자녀에게 올인 하느라고 어려운 시기를 보내고 있는 사람들에게 위로가 되는 글이라고 생각하고 쓰면 돼요."

아픈 일을 잊기 위해서 그 아픔을 다섯 번은 반복해서 썼다. 기억을 지우듯 아픔이 차츰 옅어졌다. 내 이야기를 글로 쓰면 스무 권 전집으로도 모자란다는 사람은 일기로 써야 한다. 주관적인 감정을 담고 정화되지 않은 기분으로 책을 쓰면 안 된다. 희·로·애·락의 감정은 일기를 여러 번 써가며 걸러낸다. 자기의 기분대로 주관적인 생각을 쓴 글은 책으로 낼 단계가 아니다. 나에게 아픔을 준 상대방의 마음을 헤아리며 객관화된 글을 써야 좋은 글감이 되며 독자를 위한 글이 되는 것이다. 도저히 감정이 가라앉지 않을 때는 잠시 시간을 두고 삭혀야 한다. 효소를 담글 때도 독성을 거를 시간을 주기 위해 삭힘의 기간이 필요하다. 사람의 감정도 묵혀서 걸러내고 숙성된 글을 써야 한다.

큰오빠에게 맞은 이야기를 처음 글로 쓸 때 A4 세 장 정도가 줄줄이 써지고 어깨까지 들썩이며 흐느꼈다. 1.5매로 줄이면서 이제는 안 울겠지, 했는데 나도 모르게 눈물이 주르륵 흘러내리고 있었다. 그 시간이 과거의 아픈 내면 아이가 치료받는 시간이다. 오빠의 이야기는 도저히 책으로 내면 안 될 것 같아서 1년을 묵혔다. 1년이 지나 글을 다시 읽어보게 되었다. 나를 때리고 학교를 안 보내준 원망스러운 오빠의 입장에서 객관적인 시선으로 생각해 보았다. 맏아들의 무거운 책임을 진 큰오빠가 동생들 인생까지 거두기에는 버거웠을 거라는 짐작은 된다. 내가 오빠의 입장이었다면 어땠을까? 많은 생각을 하게 되었다. 글을 써놓고 여러 번 들여다보며 '숙성의 시간'을 갖다 보니 상대를 배려하는 글을 쓸 수 있었다. 독자들이 그 글에 공감하는 마음을 전했다. 나의 치부가 드러날까 봐 고민을 많이 한 글이 독자들에게 감정 이입이 되었는지 공감한다는 말을 많이 들었다. 글을 읽다가 한동안 울었다는 사람도 있다. 수강생들도 오빠에게 버림받고 공부를 할 수 없었던 구절에서는 눈물이 핑 돌아 글을 읽지 못했다. 숙성되어 나온 글인데도 반응이 뜨거우니 월남전 참전용사처럼 벌 받은 사실대로 썼다면 독자는 더 침울해했을 것이다. 술 취하면 이유 없이 분풀이하듯 동생들이 보이기만 하면 때렸다. 우리는 술 마신 오빠의 발소리가 골목에서 저벅저벅 들리면 저승사자 발소리보다 더 무서워 남의 집으로 숨어들었다. 추운 날 오들오들 떨면서 날이 샐 때까지 남의 집 부엌의 온기로 버텼던 기억의 흉터가 아름다운 옹이가 되었다.

나무도 겨울을 지나야 나이테가 생기고 가지가 꺾이는 아픔이 있어야 아름다운 작품을 만들 수 있는 옹이가 생긴다. 인생의 흉터처럼 옹이로 남은 아픈 시간이 없었으면 나는 성장하지 못하고 결실도 맺지 못했을 것이다. 어린아이같이 내게 온 아픔도 피하지 못하고 엄벙덤벙했던 시기가 아프기만 했던 것이 아니었다. 삶을 관조하는 혜안으로 방향을 구별할 수 있는 단계까지 마음이 성장했다.

"과거를 기억하지 못하는 이들은 과거를 번복하게 된다."는 말은

'가해자'는 없다는 뜻으로 해석된다. 과거를 글 속에 내려놓으면 아픔도, 상처도 서서히 잊히게 된다. 타인에게 받았던 아픔도 글을 쓰니 많이 치유되었다. 가해자는 기억을 못 하니 과거의 아픈 사슬은 스스로 끊어야 한다.

기억 속의 과거가 오늘보다 젊은 날이다. 젊을 때의 기억 소환은 나를 그 시절로 데리고 가서 웃고 울게 만들었다. 우는 기억은 잠깐이고 행복한 순간이 더 길다. 소꿉친구와 만나고 아름다운 추억과 조우하면서 기쁨에 젖으며 추억 속으로 뛰어들어 마냥 즐거운 내가 나를 위로한다. 특별한 기억들이 그 시절 장면과 함께 자연의 바람, 아카시아 향까지 가져다준다.

스토리텔링을 자유자재로 구사할 줄 알면 수필 쓰기가 편하다. 나의 이야기에 독자가 흥분하는 스토리는 타인도 겪었음 직한 보편적인 이야기다. 작가의 스토리에 독자의 감정이 이입되어 광분하는 것이다. 아픔이 진할수록 생채기는 아름다운 옹이가 되고 지혜로운 사람이 되어간다.

"고욤 맛 알아 감 먹는다."는 속담처럼 '나의 아픈 역사를 빛나는 보석으로 만드는 경험'을 글로 쓸 수 있어 감사하다.

포로수용소에도
사람들이 산다

『빅터 프랭클의 죽음의 수용소에서』는 1940년부터 1945년까지 유대인이 '아우슈비츠' 나치 포로수용소에서 겪은 이야기를 쓴 책이다. 포로수용소에서도 우리가 사는 것과 같이 사람들이 산다.

"방금 전 밖으로 옮겨진 시체가 같은 눈을 하고 나를 바라보고 있었다. 두 시간 전에 나와 이야기를 나누었던 사람이다. 그러나 나는 곧 다시 수프를 먹었다. (중략) 포로수용소 안에서는 짧게라도 예술의 시간이 있다. 노래를 부르고 시를 낭송하고 촌극도 한다. 포로수용소는 유머도 있다. 예술에 빠져들면 죽음을 앞에 둔 포로수용소 생활의 고통을 잠시 잊기도 한다."

『빅터 프랭클의 죽음의 수용소에서』, p.50

"우리는 잠자리에 들기 전에 '이' 잡을 시간을 준다는 것
도 반가운 일이었다. (중략) 이를 잡으려면 천장에 고드름이 주렁주
렁 달린 막사에서 옷을 벗고 서 있어야 하기 때문이다."

『빅터 프랭클의 죽음의 수용소에서』, p.82

'죽음의 수용소에서' 시대나 지금이나 사람 사는 모습은 어디나 비
슷하다. 30년 전 미국 여행할 때 가이드가 한 말이 있다. "한국의 어
머니들은 달나라에 가서 살아도 잘 적응하고 사는 대단한 사람들이
에요. 우리 엄마가 미국 오면 배추와 양념을 어디서 났는지 시원한
물김치를 담가준다니까요. 엄마가 담가준 물김치 맛은 잊을 수 없어
요." 가이드의 말처럼 사람은 어떤 상황에서도 적응을 하며 산다. 나
치 포로수용소에서도 '이'를 잡는 이야기를 읽으며 어릴 때 시골에서
살았던 나는 엄마가 '이' 잡아준다고 했던 사건이 떠올랐다.

어린 시절 엄마가 형제, 자매 옷을 벗겨놓고 주기적으로 '이'를 잡
아주는 때가 있었다. 면으로 만든 옷은 삶으면 이가 죽는데, 방망이
로 때려서 빨래를 하면 잘 해지기도 했다. 일본에서 건너온 신식 나
일론 옷감이 좀 비싸기는 해도 질겨서 인기가 좋았다. 빨갛고 예쁜
나일론 옷이 햇볕에 허옇게 색이 바래도 명품처럼 자랑스럽게 입고
다녔다. 나일론으로 만든 옷은 삶으면 오그라들어 회생불능이라 '이'
를 잡고 다시 빨아서 입었다. '이'와 '석회'는 옷감을 박음질한 두툼

한 부분에 주로 붙어 있었다. 위생이 불량했던 시대에 아무리 깨끗하게 옷을 입어도 학교에서 수업을 하고 오면 친구들에게 '이'가 옮는다. 앞에 앉은 친구 옷 위로 '이'가 기어가는 것을 선생님이 잡아주는 일도 흔했다. 머리에도 '이'가 낳은 알 하얀 '석회'와 '이'가 많았다. 내 뒷머리 두피에 상처가 나서 약을 바르려고 머리를 들추면 곪은 부위에 이가 바글바글했다. 그때는 상처가 나면 된장을 발라주었는데, 지금 생각하면 참 비위생적이고 위험한 처방이었다. '이' 밥을 발라놓는 격이었으니 상처 부위에 '이'가 바글바글해서 더디게 나았던 것이다. 두피의 '진피층'까지 상처가 깊어서 다 아문 뒤에도 머리카락이 빠져 원형 탈모로 둥그런 땜빵 자리가 남았다.

소를 두세 마리 키우던 우리 집은 늘 쇠죽을 끓이니 사랑방이 절절 끓었다. 외지인이 우리 동네에 오면 우리 집 사랑방에서 밥 먹고 자고 가는 게 순례였다. 우리 집 가마솥에는 항상 나그네 몫의 밥이 들어 있었다.

초등학교 들어가기 전이었다. 엄마가 '이' 잡아준다고 사랑방으로 부르더니 옷을 다 벗고 이불 속으로 들어가라고 했다. 고드름이 꽁꽁 언 깊은 겨울에 내의까지 홀랑 벗은 나는 방바닥에 깔려 있는 이불 속으로 들어가려고 이불을 들치는데 나뭇가지로 만든 '매'가 손에 잡혔다.

"와, 매다! 엄마 나 때리려고 옷 벗으라고 했어요?"

엄마가 매를 들고 나를 잡으려고 했다. 나는 벌거벗은 채로 맨발로 마당을 지나 대문 밖으로 튀었다.

맨살에 매 맞은 자국이 쭉쭉 나도록 맞아본 사람은 얼마나 아픈지 알 것이다. 해는 뉘엿뉘엿 넘어가는데, 계집애가 발가벗고 동네 한가운데로 뛰어나가니 엄마가 뒤따라 뛰어오면서 안 때릴 테니 서라고 했다. 엄마 말보다 매가 더 크게 눈에 어른거리고 엄마를 믿을 수 없었던 나는 더 빨리 뛰었다. 중학교 때 선수를 할 정도로 달리기를 잘하는 나를 엄마가 잡을 수 없었다. 나를 따라잡을 수 없었던 엄마는 내 뒤통수에 대고 소리를 질렀다.

"수민아, 네 뒤에 용이네 셰퍼드가 너 물려고 간다."
"엉. 용이네 셰퍼드, 아이고 용이네 셰퍼드가 물면 나 죽어!"

'닭이나 짐승을 잘 잡아먹는 사나운 용이네 셰퍼드가 물면 나는 죽겠구나!' 용이네 셰퍼드가 내 발뒤꿈치를 곧 물 것 같았다. 엄마의 매보다 셰퍼드가 더 무섭게 생각되어 뒤를 돌아보다가 넘어지고 말았다. 나를 물려고 오는 용이네 개는 없었다. 사납게 개 짖는 소리가 뉘엿뉘엿 스러져 가는 노을을 찢었다. 내가 뒤를 돌아보다 넘어지는 바람에 엄마한테 잡히고 말았다.

"말만 한 계집애가 창피한 줄 모르고 깨 벗고 집을 뛰어나가냐?"
엄마는 벌거벗은 나를 붙들고 가쁜 숨을 몰아쉬었다. 넘어지면서 까인 무릎에서 피가 나고 있었다. 엄마는 벌거벗은 나를 옷을 벗어 감싸 업고 집으로 왔다.
지금도 내가 뭘 잘못해서 때리려고 했는지 기억에 없다. 어릴 때는 말 안 들어도 매를 맞고, 언니, 오빠들에게도 이유도 없이 툭하면 매를 맞았다. 나는 매 맞는 것을 극히 싫어하는데 왜 그렇게 매를 때

렸는지 모르겠다. '아이들은 꽃으로도 때리지 말아야.' 한다.

  '전설의 고향' 이야기 같은 포로수용소 삶이나, 어릴 때 내가 살아온 일상생활이나 온라인 세상이 된 지금까지 인간이 사는 모습은 언제 어디서나 비슷하며 문화로 전승되고 있다.

  삶의 과정을 이야기하며 과거를 이해하고 전통과 문화를 배우며 또 다른 문화를 엮어가는 평범한 '인간사' 이야기를 나누며 위로를 받는다. 시대의 흐름에 따라 온라인 시대에 적응하며 사는 방법도 세계 어느 나라에서나 비슷하다. 온라인으로 글로벌 지인을 만들고 세계적으로 융합하며 '사는 법을 배우는 것'도 현재를 잘 사는 일이다.

4

스토리텔링으로
수학을 공부한다

"이틀 후가 며칠 후인가요?"

"2일이요."

"1일이요."

"선생님 누가 맞아요?"

"1일 후가 맞아요."

"우와, 난 틀렸다!"

"난 맞았어!"

하루 이틀 사흘 나흘 닷새, 우리말로 수학 문제를 풀게 한다고 한다. 숫자로만 배우던 아이들은 우왕좌왕할 수밖에. 특히 성적에 신경 쓰는 부모의 발등에 불이 떨어진 것이다. 주로 음력으로 기간을 말할 때 '보름, 그믐' 등 특별한 날을 지칭하는 우리말이다. 예를 들면 초사흘은 매월 음력 3일, 보름은 15일, 섣달그믐은 음력 12월 30일을 말한다. 달의 이름을 말할 때, 태양에 가려 달의 형체가 없는 삭, 또 초승달, 상현달, 보름달은 점점 오른쪽 방향으로 커지고 하현달은 달의 크기가 왼쪽으로 갈수록 작아진다. 예전에는 '닷새 뒤에 만나, 이레 지나고 돌아올게.' 이런 용어를 많이 사용했다.

순우리말로 질문했더니 답이 반으로 갈렸다. 책을 잘 안 읽는 학생은 어휘력이 부족하다. 초등학생들 수학시험도 스토리텔링으로 답을 풀도록 문제를 낸다. '사흘 휴가' 연휴는 3일 휴가인데, 4일 휴가로 착각하는 직장인도 있으니 어휘력 공부는 필수다.

중, 고등학생 백일장도 산문 쓰기가 아닌 '생활 글쓰기'로 표기한다. 우리는 생활 글이 아닌 수필이 되도록 해야 먹지도 못할 '개복숭아' 같은 수필이 나오지 않을 것이다.

문학의 종류를 재미있게 분류한 경우도 있다. "동화는 기어가기 또는 앉아서 뭉치기, 소설은 걸어가기, 시는 춤추기, 영화는 달리기, 연극은 뒤로 걷기, 수필은 길 가장자리에서 길 가는 이들을 쳐다보기, 옆길로 새기, 해찰 부리기, 한눈팔기" 문학 강의하는 교수님이 유튜브에서 말했다.

공감각적 심상은 주로 '시'에서 화자가 전하고자 하는 의미를 전달할 때 쓰는데 구체적인 모습, 움직임, 상태 등을 감각적으로 느끼게 해서 독자들에게 반응과 공감을 불러일으킨다. 오감(五感)으로 구체적인 대상이나 자기 생각, 추상적인 대상도 표현한다. 심상이 두 개 이상 사용되면 '복합 감각'이나 '공감각 심상'이라고 한다. 복합 감각의 경우 하나의 심상이 다른 심상으로 전이되어 움직임의 변화가 없이 제시되어 있는데, '공감각'은 하나의 감각이 다른 감각으로 이동되어 변화된 표현을 말한다. 성당의 푸른 종소리는 종소리의 청각을 푸른색의 시각으로 나타내서 공감각적 심상을 복합 감각으로 표현한 것이다.

문학은 갈등이 있어야 글이 되는데, 신의 나라에는 갈등이 없어 예술이 없다고 한다. '미셀러니'는 생활 주변에서 일어나는 사소한 일을 소재로 가볍게 쓴 수필이다. 감성적, 주관적, 개인적, 정서적 특성을 지니는 신변 이야기를 쓴 경수필이 있고, 철학을 다룬 에세이, 환경문제, 난민 문제, 장애인 문제 등 우리가 함께 고민해야 할 사회적 문제를 다룬 중수필로 나눈다.

에세이와 수필은 문학의 한 갈래다. 동양에서 수필, 서양에서는 에세이라고 하는데, 에세이는 철학을 더 깊이 있게 다룬 분야라고 말하기도 한다. 시적 수필은 시경, 풍경, 압축, 여백 위주로 글을 쓴 것이다. 소설적 수필은 이야기 위주인데, 콩트처럼 반전이 있고 묘사를 많이 쓴다. 희곡적 수필은 대화 위주로 쓰는데, 대화 속에 줄거리, 인물의 성격, 신분 등 드러난다. 논설적 수필은 주장, 비판, 정보 위주로 쓰고 평론 글, 칼럼 글 등이 이에 해당된다. 철학적 수필은 관조, 탐구, 사색 등 방법이 있다.

수필의 진술 방법은 설명식 서술, 진술, 설득, 묘사, 서사가 있다. 수필의 내용에 따라 교훈적 수필, 희곡적 수필, 서사적 수필, 서정적 수필로 구분한다. 교훈적 수필은 인간의 삶과 자연의 깨달음에서 얻은 지혜와 교훈을 준다. 희곡적 수필은 대화체로 쓰며 흥미로운 실화를 바탕으로 드라마나 영화의 시나리오처럼 시간 순서대로 전개하고 극적으로 펼친다. 서사적 수필은 소설의 스토리텔링으로 쓴 글로 작가의 객관적인 시선이 드러난다. 서정적 수필은 시처럼 글쓴이의 감정과 정서가 풍부하며 묘사와 비유가 많아서 독자가 감정 이입을 하게 되며 예술성이 있는 문학적 수필로 작가의 문체가 잘 드러난다.

일반 수필은 서술이 많고 인물, 배경, 등을 직접 설명한다. 소설은 묘사가 많은데, 묘사는 사물의 외적 모습이나 통합적인 인상만을 그려주므로 서술이 묘사보다 많으면 수필이고 묘사가 많으면 소설이라고 분류하기도 한다.

작가의 문체는 인물, 배경 등을 직접 설명하며 서술하는 데 드러난다. 묘사는 사물의 외적 모습이나 전체의 인상에 그림을 그리며 보여주듯 쓴 글이라 한다. 대화에서 등장인물에 따른 어휘력과 묘사에서 작가의 문체가 나타난다. 서정적 수필은 작가의 감정과 정서가 풍부하고 묘사와 비유가 많아서 감정 이입을 하게 되어 예술성 있는 문학 수필로 작가의 문체가 잘 드러난다.

예전에는 묘사는 소설에서 썼지만, 수필에도 문학적 기법을 묘사로 표현하는데, 작가의 문체는 대화나 묘사에서 찾을 수 있을 정도로 수필에서도 묘사를 쓴다.

예전의 수필은 인물, 배경, 사건 등 직접 설명하는 일반 수필이라고 볼 수 있고 경직된 느낌이 들고 문학적인 감성이 덜했다. 일반 비즈니스 글을 써온 사람은 묘사가 적절한 스토리텔링 수필을 쓰면 좋다. 수필은 자기의 생각, 의견, 관점, 시각, 해석, 주장을 적절히 묘사해야 한다.

고전이나 초기에 쏟아진 수필을 많이 읽고 다양한 어휘력을 배우고 공감각적 이미지 변화를 글로 다양하게 표현하는 작가가 되어야겠다. 머릿속의 생각을 말부터 해보면 명료해진다. 말을 하면서 생각을 정리하고 구성을 갖춰서 글로 쓰면 쉽다. 가독성 있는 글을 쓰기 위해, 경험에 의한 서사에 적절한 묘사를 쓴 스토리텔링 수필을 쓰기 위해 작가는 노력해야겠다.

'대행사' 광고 수업

「대행사」 광고 회사를 배경으로 펼쳐지는 연속극을 보다가 대학 다닐 때 '광고 카피' 수업 생각이 났다.

박카스 광고를 했던 유명한 '○○ 기획 이사님'이 '광고 카피' 겸임 교수였다. 오후 네 시 시작하는 마지막 수업이 끝나고 밖으로 나오면 캄캄해서 형설의 공을 쌓는 기분이 들었다.

'광고 대행사'로 밥 벌어 먹고사는 직원들은 사람들의 욕망을 읽어 내고 귀신같이 광고로 겨냥한다. 욕망이 없는 사람들에게 욕망을 만들어서라도 소비하게 하는 기업이 광고 대행사다.

대기업 여성 상무가 된 흙수저 출신 고아인이 1년 안에 매출의 50% 올리는 조건으로 한시적 고위직 여성 임원이 된다. 마지막 삼백억 원 광고 실적이 필요하다.

노심초사하던 고아인에게 마감 2주일 남기고 300억짜리 광고가 들어온다. 간부직을 지킬 수 있는 침 넘어가는 조건이었지만, 서민들 피 빨아먹는 '대부 업체 광고' 안 하겠다고 사직서를 제출한다.

아무리 배가 고프고 직업이 경각에 달려 있어도 하지 말아야 할 돈벌이가 있는 것이다. 가난한 사람들이 장기라도 팔아서 해결해야 하는 '고리대금업' 무서운 돈을 빌리게 하는 광고는 안 하겠다고 고아인이 말한다. 초근목피(草根木皮)로 끼니를 때우더라도 양심을 지키려는 고아인의 저변에는 가난한 가정에 태어나 가정의 해체를 겪은 어릴 때 아픈 기억 때문에 '고리대금업 광고'는 거부한다. 엄마가 대부 업체에서 급전을 빌리게 되고 가족이 해체되는 아픔은 고아인의 인생 전체를 흔들어 놓을 만큼 타격이 컸다.

광고 회사 연속극을 보면서 대학 다닐 때 '광고 카피' 수업을 떠올려 본다.

회사마다 오랜 시간 주춧돌 역할을 한 효자 상품이 있다. 새우깡, 삼양라면, 신라면, 초코파이 등 효자 상품의 매출이 기업의 힘을 지탱하게 해준다. 백화점도 VIP 고객의 고정 매출 역할이 크듯, 회사마다 효자 상품 메이커를 지켜내려고 안간힘을 쓴다. 유명한 상품이나 회사가 갑자기 국민들의 머릿속에서 사라져 버린 기업 이미지를 생각해 보면 이해가 될 것이다. 기업에서 효자 상품의 광고는 아주 중요한 것이다.

'박카스 광고의 특이점 찾기'가 광고 카피 수업 과제물이었다. 약국이나 슈퍼에서 비타민 C와 박카스 판매를 비교해서 리포트를 쓰라고 했다. 나는 슈퍼와 약국을 돌아다니며 제품이 전시된 모습과 판매량을 물었다. 아무도 없는 가게에서 주인을 불러 판매량을 물어볼 때는 빈손으로 나오기 미안했다. 가게를 나서는 내 손에는 음료수가 한 박스씩 들려 있었다.

박카스 광고의 특이점을 발견해야 하는 게 고민이었다. 음료수 맛의 특이점도 아니고 광고의 특이점이라……. 그때 박카스 광고에서 나오는 "지킬 건 지킨다." 광고 카피가 TV에서 뜨고 있었다. 젊은 사람은 아무리 피곤해도 경로석에 앉지 않는다. 전철, 버스 안에서 빈자리를 놓고 손잡이에 매달려 꾸벅꾸벅 졸던 대학생의 모습이 떠오른다.

광고의 특이점을 발견하기 위해 박카스 포장 그림을 뚫어지게 보았다. 타원형으로 그려진 톱니바퀴의 '톱니'를 세어보았다. '앗, 스물네 개다.' 나는 손을 번쩍 들었다.

"교수님, 박카스 그림에 톱니바퀴 스물네 개가 박카스 글자를 감싸고 있습니다. 박카스를 사 먹는 사람에게 24절기, 1년의 건강을 염원하는 의미로 박카스 로고를 만든 것 같아요."

"내가 차 기름값도 안 되는 강의료 받으면서 밤늦게까지 수업을 하는 보람을 오늘 건졌네요. 우리 광고팀도 찾지 못한 기발한 광고의 의미를 발견했네요. 발표한 학생에게 박수 쳐주세요."

"광고를 새로 바꾸는 기간이 어느 정도인가요?"

"4, 5개월 정도 돼요."

강의료 때문에 강의하는 게 아니라 젊은 청춘의 아이디어를 빌리는 시너지 효과 때문에 강의를 하러 온다는 교수님 말에 고개가 끄덕여진다.

나도 수업을 하면 수강생들이 글감을 주니 글감 걱정할 필요가 없다. 남 주기 위해 배우라는 말, 이타심으로 행동하면 부메랑 되어 내게 다시 돌아온다는 부메랑 효과를 글을 쓰면서 수시로 경험한다. 어르신들은 어려운 세대를 경험한 분들이다. 요즘 사람들은 이해하기 힘든 난해한 삶의 경험이 쓰여 있는 글을 읽을 때면 보석을 만난 듯 반갑다.

　지식과 지혜가 많은 어르신 가르치면서 많은 걸 배운다. 학교에서 직장에서 일반 글쓰기를 몇십 년 해오던 분들이다. 비즈니스 글쓰기를 문학적인 글로 쓸 수 있게 방향만 제시해 주면 명문장을 쓸 것이다.

　"교육의 최대 목표는 지식이 아니고 행동"이라는 '허버트 스펜서' 말뜻을 실천하는 강의실 분위기가 뜨겁다.

사람을 관찰하며
사는 재미

VII

사람을
관찰하며
사는 재미

자기 인생 설계 후 태어나는 사람은
머뭇거릴 시간이 없다

TV 연속극 「재벌집 막내아들」에서 20년 전 억울하게 죽은 윤현우, 고졸 출신 그가 대기업 '순양 그룹'에 입사한다. 윤현우는 전생에 순양 그룹을 편법으로 지위 승계하는데 이용당하고 3중 추돌 교통사고로 그 가족에게 죽임을 당한다.

20년 후 진도준으로 윤회하여 순양 그룹 막내아들로 태어나서 순양 그룹을 자기의 힘으로 되찾는 과정을 엮은 내용이다.

"윤회인가 시간 여행인가 했는데, 윤현우는 진도준으로 환생해 전생에 못다 한 자기 일을 하고 가는 '참회'의 과정이라고 한다."

사람이 윤회한다고 할 때 외모도 부모도 자기가 선택해서 태어나고 인생 설계도 스스로 하고 태어난다고 한다. 학력이나 물질이 어느 정도 있는 부모 밑에서 태어나겠다는 선택도 본인이 한다니까, 예견

된 고난을 겪어내겠다는 계획을 하고 태어난다는 뜻이다. 그래서 살아가면서 고난 속에서도 자기 역할을 다하려고 노력을 한다. 그 과정을 이겨내는 것이 '큰일을 하기 위한 예행연습'이라고 한다.

너무 가난한 집에 태어나 힘들게 살았다면 다음 생에 자기가 원하면 부자로 태어날 수 있다고 한다. 또 학문을 연구하거나 성직자로 사는 사람들은 물질에 연연하지 않으며 자기가 하고 있는 일에 만족하며 산다. 그것은 몇 생을 환생하면서 부자로도 살아봤기에 물질에 연연하지 않는다는 것이다. 그러고 보니 내가 부잣집 딸로 태어나고도 부모의 물질적인 혜택을 못 받게 된 것, 큰오빠에게 매 맞고 괴롭힘을 당하면서 자라온 과정이 이해가 되었다. 내 의지를 강하게 만들기 위해 어떤 환경에서도 이겨내라는 담금질이었던 것이다. 억울하다는 생각보다 내가 배워야 할 다양한 분야를 체험하며 공부라는 생각으로 봉사하며 살아왔다. 그 경험이 나이 들수록 삶의 보석이 되고 생생한 글감이 되고 있다.

40세 대학생이 되었고 대학원 졸업 후 20여 년이 흘렀다. 지나고 보니 많은 체험을 하고 살아온 20여 년의 세월은 내 인생의 황금기였고 노다지를 캘 수 있는 기회였다. 그때나 지금이나 의식도 마음도 크게 변한 게 없어서 정신 연령은 40대이다.

산수(傘壽)를 넘긴 어르신들이 글쓰기 수업에 들어오신 것 보면 나도 건강만 유지한다면 20년은 공부하고 글을 쓸 수 있겠다는 생각이 든다.

20년 전에는 환갑의 나이가 지나면 대부분 죽음을 준비했다. 수

명이 길어지면서 밀물 썰물 섞이듯 세상이 재편되고 있는 느낌이다. 1970년대보다 50여 년이 흐른 지금 우리나라 사람들 수명이 20여 년은 늘어난 것 같다. 변화하는 시대에 적응하기 위해 나이와 삶의 의미 해석이 달라야 한다.

살아가는 의미는 각자의 생각이 다르며 일방적이거나 포괄적으로 정의할 수 없다. '삶'이란 구체적인 현실에 적응하며 살고 있지만, 삶을 어떻게 받아들이느냐에 따라 자기의 운명을 결정하기도 한다. 사는 모습이 다르듯 각자에게 주어진 운명을 비교할 수 없다. 사람은 처한 상황에 따라 반응이 다르며 운명을 개척하기 위한 노력이 필요하다. 자기에게 주어진 상황과 힘든 과정은 본인이 넘어서야 할 숙제인데, 시기에 따라서 주어진 운명대로 살아야 할 때도 있다.

정년에 와 있는 사람은 의미 있는 삶을 살기 위해 인생을 재설계해야 한다. 수명이 길어진 지금 '이순'의 나이는 공부하기 딱 좋은 나이다. '가난한 시대에 태어나 돈이 없어서 공부를 못 해 한이 된 사람들'이 공부할 때다. 절대 가난의 시대에 태어나서 못다 푼 공부의 한을 풀고 가야 한다. 평생교육 프로그램도 다양하게 공부할 기회를 만들어 주고 있다. 정년을 맞이한 우리 세대가 기를 쓰고 온라인 세계를 공부해야 젊은이들과 어우러지며 잘 살아갈 수 있다는 생각이 든다.

내가 지도하는 글쓰기 수업 수강생이 '망구'를 바라보는 나이에 작가로 등단했다. 공부하며 건강하고 젊게 사는 것을 실천하는 수강생을 보며 글쓰기 준비를 해온 일에 자부심을 느낀다.

나이에 대한 시대적 해석을 재고(再考) 해야 하며 자기에게 맞는 활동거리를 찾아야겠다.

'준비된 자에게 기회가 온다.' 말은 내가 경험한 사실이다. 멈추지 않고 공부하며 도전하니 길이 열렸다. 이순이 넘으면 '그 나이에 뭘 해?' 생각으로 주저앉는 사람도 많다. 40대는 자기 사는 앞길 닦기 바빠서 공부하고 봉사할 시간을 만들기 어렵다. 정년이 지난 60대에 다른 분야 공부하며 제2의 창업을 위해 활동적으로 사는 사람이 많다. 힘든 일을 하면서도 인내로 참고 버티는 데 굳은살이 배긴 사람들이다. 이순이 지난 지금이 부모의 역할도 끝나고 체력이나 시간적 금전적으로 여유로워 나를 키울 수 있는 황금기이다.

배우면서 남들이 가르쳐 준 것, 쉽게 얻은 정보는 오래가지 않는다. 졸업장이나 자격증만 취득하면 된다는 생각으로 가볍게 공부하려고 하지 말고 논문도 직접 써보고 과제물도 논문을 찾아가면서 어려운 과정을 해내야 내 지식이 된다. 어렵게 얻은 지식은 장기기억에 저장된다. 공부할 때나 기술을 배울 때도 간접 경험한 사람과 직접 경험한 사람은 그 맛과 즐거움이 다르다.

오래전 일인데도 살아온 과정이 기억되는 것은 힘겹고 고통스러운 순간을 잘 헤쳐 왔기 때문이다. 공부하면서 고민하고 간절하게 답을 찾았더니 돌에 새긴 지식처럼 기억에 남았다. 기억이 살아 있는 한 경험은 자산 가치다.

나도 전생에 못 해본 체험을 다양하게 해보려고 세상 공부하는 중이다. 사람은 말년에 어느 자리에 있는지가 다음 생을 결정한다고 한다. 공부하는 자리에 머물다 간 사람은 다음 생도 공부와 인연이 될 것으로 믿는다. 건강이 허락할 때까지 공부하는 습관을 오래 즐길 수 있는 글쓰기를 계속할 생각이다. 죽을 때까지 할 수 있는 글쓰기를 취미로 준비한 것이 '탁월'했다는 생각이다. 다음생에 태어난다면 즐겁게 공부하려고 열심히 준비 중이다.

"나는 내가 더 노력할수록 운이 더 좋아진다는 것을 발견했다." 토머스 제퍼슨 말을 음미해 본다. "가장 오래 산 사람은 나이가 많은 사람이 아니고 많은 경험을 한 사람이다."는 루소의 명언이 새롭게 각인된다.

2

남의 시선에 신경 쓰면
내 일을 못 한다

「서울체크인」에서 제주도 사는 미녀 가수 이효리가 개그우먼 박나래 집에 하루 묵으면서 소소한 대화를 나눈다.

"미인의 삶은 어때요?"

"넌 말해줘도 이해 못 해."

"왜요?"

"너 밖에 나가면 사람들이 쳐다봐? 남자가 따라온 적 있어?"

"없어요."

"그래서 얘기해 줘도 이해를 못 한다는 거야. 예쁜 여자의 삶은 경험해 봐야 알아. 사람은 자기가 선택한 대로 생활하고 사는 거야."

남의 시선에 신경 쓰는 사람은 자기계발과 꾸미는데 부지런하고,

남 흉보는 사람은 예쁜 사람, 잘나가는 사람 흠잡기 바빠서 자기계발할 시간이 없다. 남 말하기 좋아하는 사람은 끼리끼리 뭉쳐 다니며 남의 흉을 만들어서 암세포처럼 퍼트린다. 내 일하기도 바빠서 나는 남이 뭐라 하든 말든 신경을 안 쓴다.

옆 건물 인테리어 가게 부부와는 나이 차이도 있고 의식도 달라서 길에서 만나면 고개만 까닥하고 지나칠 정도로 데면데면한 사이다.

오랫동안 비어 있던 우리 집 점포에 세입자가 들었다. 점포 인테리어를 하면서 옆 가게 물건을 팔아줘야겠다고 일거리를 맡겼다. 옆 가게 남자는 70대 중반쯤 되는데, 평소에 신문깨나 읽어서 유식하다고 으스대는 사람이다. 제 잘난 맛에 주위 상점 주인들을 무시하는 말투를 잘 쓴다. 옆 가게 부동산 들어올 자리에 인테리어하면서 빈정거리는 투로 이야기한다.

"여기에 부동산이 왜 들어와요? 뭐하러 이런 곳에 들어오는지 모르겠네."

인테리어 주인이 계속 험담을 해대니, 새로 계약한 부동산 주인이 나에게 계약 기간을 1년으로 단축해 달라고 한다.

계속 구시렁거리면서 남의 말을 해대는 사람을 그냥 두면 안 될 것 같았다. 새로 들어온 세입자에게까지 "왜 이런 곳으로 들어왔냐." 말을 함부로 하는 무지한 부부에게 찾아가서 말을 조심해서 하라고 해야겠다. 내가 옷을 입고 나갈 때마다, "바람피우러 가는 줄 알았더니 책 읽어보니 열심히 사셨네요." 오랜만에 만난 지인을 보면 "안 보이길래 뒈진 줄 알았더니 안 죽고 살았어?" 아무렇지도 않게 독설을 뱉는다.

주책바가지 영감탱이에게 상대를 가려서 농담하라고 말했는데도 남의 흥을 멈추면 '혀암'이라도 걸리는지 치매 걸린 사람처럼 계속 구시렁댄다. 부부가 부업을 하면서 타인과 어울리지 않고 사니 세상 물정을 모르는 것 같이 답답하다. 뚫린 입에서 나온 말이라고 사람 말인가? 타인의 말을 듣지 않고 제 고집대로 하니, 남의 일은 다 흉거리로 보이나 보다. 자기 흉이 더 많은 줄 모르고 스스로 잘난 맛에 취해 산다. 자기 아들이 '시장감'이라고 허풍떠는 사람 말은 그냥 코미디로 흘려들어야 한다.

박나래는 심리 상담을 하는 오은영 박사 「우리 아이가 달라졌어요」 프로그램에서 코미디언이 웃겨야 하는데 웃길 수 없는 상황이라 딜레마에 빠진다고 했다.

"맡은 프로에 충실한 게 좋아 보인다." 이효리가 말했다. 이효리는 그 프로그램에 맞는 콘셉트라 웃기는 것보다 진지하게 상대 의견을 경청하는 모습이 더 좋아 보인다고 말했다. 코미디언이라고 아무데서나 웃겨야 하는 건 아니라고. 제 역할을 잘하고 있는 것이라고 조언한다. 코미디언 박나래와 미녀 가수 이효리가 방송에서 대화하는 이야기에 공감한다.

이웃의 인테리어 가게 주인처럼 구시렁거리는 사람은 코미디로 생각해야 내 속이 편하다. 2층에서 살림을 하기 때문에 1층 가게 아무 업종이나 들이기 싫어서 비워둔 참이었다. 빈 가게로 들어온다는 부동산 사장은 친절하고 상냥해서 모처럼 맘에 드는 사람이라 오래 했으면 하는 생각에 대환영을 했다. 새로 온 부동산 사장에게 실언을 더 하면 안 되겠다는 생각에 말을 함부로 못 하게 입단속 하려고 찾아갔다.

"비어 있던 옆 가게에 부동산이 들어오면 좋은 거지. 왜 말을 함부로 하세요?"

"농담으로 한 말이지."

"지난번에도 말을 함부로 하지 말라고 했는데요. 농담도 가려가면서 할 사람에게 하세요."

한마디 퍼붓고 나왔더니 속이 시원하다.

'개가 짖는다고 정거장마다 기차가 서지 않는다.' 무지한 사람일수록 독한 말을 잘한다. 개처럼 아무나 보고 짖는 사람은 개무시 하는 수밖에 없다.

3

연예인 삶에서
인생을 배운다

여자 탤런트가 「동치미」 프로그램에서 재혼할 남편의 빚이 10억이 있어도 갚아주고라도 이혼은 안 하겠다고 해서 세간의 관심을 모았다.

결혼 후 「동치미」 방송 프로그램에서 "남편 밥을 매번 해줘야 하니 불편하다."고 한다. 남편은 집에서 벗고 있는 것을 좋아해서 남이 집에 들락거리는 것을 싫어해 가정부를 부를 수도 없어서 여자 탤런트가 밥을 짓고 가사 일을 다 해야 하니 혼자 살 때보다 번잡하고 힘들다고 한다. 남편이 외식은 싫어하고 집밥을 고집해서 꼬박꼬박 밥을 해준다고 한다. 여자 탤런트는 힘은 들지만 맛있게 먹어주는 남편이 미더워서 즐겁게 밥을 해준다고 한다. "여자가 소비를 좋아했는데, 남편을 따라 소비를 줄이게 되더라."며 재혼하고 자잘하게 부딪히며 살아가는 이야기를 하며 웃었다.

유튜브에 올라온 댓글을 보니 사람들은 저 부부 곧 이혼한다. 남편이 가사 일을 배워서 함께 해라 등등……. 50대에 과부 되어 노후에 남편이 없는 사람은 "그동안 고생했다고 신이 날개를 달아 준거다." "남편이 없으면 얼마나 편한데, 남편이 죽으면 화장실 가서 웃는다잖아?" 화장실까지 갈 것도 없이 남편 병 수발을 오래 한 할머니는 영감을 리어카로 싣고 가면서 머리를 쥐어박으며 구박한다.

"이놈의 영감탱이가 젊을 때는 바람피우며 처자식 고생 시키고, 병드니까 집으로 기어들어 왔어. 빨리 죽어야 얘들이 고생을 덜 할 건데……." 염치없는 영감 치다꺼리하다 보니 눈치 볼 것도 없이 할머니가 병 수발에 지쳤다는 말이다. 사람은 누구와 살아도 불편하면 싫어한다. 가족, 형제, 부부간에도 내가 먼저 살아야 도움도 줄 수 있기 때문에 내 몸부터 생각한다. 오래 함께 사는 가족일수록 서로를 위해 잘 살려고 노력해야 한다.

여자 탤런트는 공인이면서 자기의 치부를 드러내듯 재혼 생활 이야기를 솔직하게 공중파에서 해줘서 감사하다.

"가족이 생겨서 좋은데, 집밥을 꼬박꼬박 먹다 보니, 몸무게가 늘었어요."

"역시, 미인은 집밥이 만들어 주는 거야!"

사람들은 사생활이 남에게 알려질까 봐 속을 끙끙 앓다가 곪는다. 유명 연예인이 자기 가정의 치부를 드러내면 비슷한 환경에 있는 사람들이 치유도 되고 위로도 받는다. 문제를 감추기보다 드러내 놓으면 개선할 점도 찾게 된다. 그런 면에서 연예인 부부가 맞춰가며 재혼 가정을 만들어 가는 것에 박수를 보낸다.

부부에게 문제가 있으면 드러내 놓고 의견을 맞추면 심각한 상황까지 안 가고 살 수 있다. 배우자에게 고쳐야 할 버릇이 있으면 계속 말을 해줘야 막다른 길을 피할 수 있다. "의처증, 의부증 있다."는 말을 들으면 자존심 때문에 멈춘다. 의심이 풀리지 않은 행동을 하면 싸워가면서라도 이해할 때까지 따지고 들어야 막다른 관계로 진행되는 것을 막을 수 있다. 어느 한쪽이 의심되는 행동을 한 데는 상대에게 그 책임이 있다. 부부, 자녀 문제가 생기면 감추지 말고 충분히 고민하고 해결해 나가는 과정을 공개하면 의외로 문제 해결이 잘될 수도 있다. 심리학 전공한 오은영 박사의 프로그램에서 가정문제를 오픈하고 해결해 가는 과정을 보며 비슷한 문제를 안고 있는 많은 가정이 해결점을 찾고 건강한 가정을 영위하는 좋은 방법이라는 생각이다.

나이 든 사람이 재혼한다고 하면 재산 강탈당하는 것 아닌가 자녀들도 쌍심지를 켜고 돈부터 생각하며 반대한다. 아니 나이 든 사람은 사랑도 느낄 줄 모르는 속물인 줄 안다.

가족도 자아실현 단계가 되면 돈이 전부가 아닌 이상이 실현될 수 있다. 부부가 마음 기대고 살다 보면 돈 이상으로 기대치를 가질 일들이 많다. 미우니 고우니 해도 아플 때는 멀리 떨어진 자녀보다 옆에 있는 배우자가 물 한 그릇이라도 떠다 준다. 나이가 드니 남편이 밥만 함께 먹어줘도 감사하다. 부부가 싸울 때 싸우더라도 잠은 한 공간에서 자야 한다. 각자 다른 방에서 잠을 자다가 심장마비로 죽은 줄도 몰랐다는 말을 들었다. 개인주의로 흐르는 세상이다 보니 사람 만날 일도 없고 말을 나눌 상대도 없다. 나이 들수록 좋은 친구를 곁에 두라고 한다. 남편을 친구로 삼으면 더 좋다. 부부가 취미를 함께 하거나 친구가 되려면 오랜 시간 같은 취미를 가지기 위한 노력이 필요하다. 지인도 내 생활을 침범하지 않게 적당한 거리 조절은 필수다.

절대 가난의 시대, 직업 구하기도 어렵고 일하기 불편했던 때를 생각하면 요즘 일은 일도 아니다. 몸만 좀 부지런히 움직이면 집안일도 해결된다. 나는 부탁을 들으면 내가 해줄 수 있는 일을 찾아다니면서 해준다.

"열심히 일하면 일할수록 나는 더 운이 좋아진다."는 '제임스 서버'의 말처럼 일거리가 나를 일으켜 세운다. 수필은 사실을 써야 하는 장르의 특성으로 대부분 자기의 체험이나 생각을 주제로 쓰고 이야기를 펼쳐간다. 수필을 쓰면 작가의 사생활이 드러나기 마련이다. 비슷한 환경에 있는 사람들은 작가의 글을 읽고 위안을 받는다. 작가 중에도 글을 쓰다가 자기의 치부를 감추려고 어두운 이야기는 비슷한 영화 이야기를 삽입하고 '꿈속 이야기'라고 하거나, '안개가 전하는 말'이라고 둘러댄다. 클라이맥스를 기대했던 독자는 가려운 것을 해결하지 못해 김이 샌다. 문제를 드러내 놓고 해결 방법을 제시하거나 독자에게 해결점을 묻는 열린 방법도 좋다.

작가는 '문제를 글로 드러내고 해석은 독자에게 맡긴다.'

어떤 문제에 부딪히면 다른 사람의 경험을 귀담아들으며 크고 작은 삶의 문제를 해결하며 살아왔다. 내 경험이 독자에게 도움을 줄 수 있다면 꺼내기 어려운 치부도 기꺼이 드러낼 것이다.

"살아 있는 한 계속해서 사는 법을 배우라."는 세네카의 말처럼 배우지 않아도 될 완전한 인간은 없으니 사람은 죽을 때까지 배우면서 살아야 한다.

수필 한 근에 얼마예요

"수필 한 근에 얼마예요? 돈을 벌어야지 돈벌이도 안 되는 글쓰기에 너무 빠져 있는 것 같아요."

"묻지도 않은 충고를 상대에게 자기 기준으로 하지 마세요. 어떤 취미나 일을 결정하든 자기가 하고 싶어서 하지요?"

"그럼 제가 잘못 살고 있네요. 나는 돈을 벌어야 해서요."

"돈을 쫓는 사람은 그 사람이 가난해서가 아니에요. 자기 인생 자기가 알아서 살아가는 것이지요."

매슬로우 인간의 욕구 5단계 '생리적 욕구'가 정신적으로 해결이 안 된 사람은 아무리 물질이 풍부해도 돈에 늘 목이 마르다. 영세업자로 월세를 내며 정부의 보조금을 받으며 쪼들리고 살아도 '자아실현'의 욕구를 채우기 위해 글을 쓰며 사는 사람이 있다. 나와 결이 안 맞는 사람을 이해시키려 노력하다 보면 관계가 뒤틀려 버릴 수 있다. 오해로 엉킨 마음은 어떤 말을 해도 이해가 어려울 것이다. 사람은 몇 생을 환생해도 안 바뀌는 성품이 있다고 한다. 사람들이 안면을 트면 자기 기준으로 간섭을 하려고 주책을 부린다. 그런 사람과 언쟁을 하고 상대가 받아들일 수준이 안되면 대화한 내용을 편집해서 나쁘게 소문을 낸다. 대화가 안 통하는 사람과는 그 수준에 맞는 필요한 말만 하고 입을 다무는 게 상책이다. 고위층 사람들이 일반인과 편하게 말을 잘 섞지 않는 이유를 알 것 같다. 지식인들끼리는 원하지 않은 충고는 안 한다. 이런 이야기도 글쓰기를 하지 않았으면 나를 시샘하는 사람쯤으로 생각하고 흘려듣고 글감으로 연결하지 않았을 것이다.

특별한 사건이 있어야만 글을 쓰는 게 아니다. 글감이 될 만한 작은 에피소드를 생각나는 대로 써놓으면 어느새 한 편의 글이 된다. 글감을 고민하는 시간에 책을 읽거나 사색을 하며 글감을 조금씩이라도 모아 놓으면 글쓰기 고민이 줄어든다.

옛날을 회상하며 글을 쓰다 보면 생각지도 않은 즐거운 추억이 떠오른다. 자판기에 손이 달린 듯 즐겁고 행복했던 순간을 회상하며 글을 쓰게 된다. 상처 입은 추억도 객관적인 입장에서 깊이 있게 생각하며 반성을 하게 된다. 나이 들수록 혼자 있는 시간이 많은데, 글 쓰는 취미가 있으니 외롭지 않고 추억에 젖어서 놀고, 책을 읽거나 TV를 시청하면서 다양한 관점에서 해석하게 되니 간접 경험의 폭이 넓고 말뜻에 의미를 부여하니, 와닿는 깊이가 다르다. 기분이 좋을 때나 안 좋을 때도 글을 쓰면 마음이 차분해지고 상대의 입장도 깊이 헤아리게 된다.

글쓰기 지도를 하고 있으니 책을 읽으며 수강생에게 어떻게 글감이 떠오르게 할까. 고민하면서 많이 배운다. "황금 천 냥이 자식 교육만 못하다." 속담처럼 책을 읽으며 말 속의 의미를 되새겨 본다.

겨울 동안 추워서 걷기 운동을 두 달 정도 안 하고 소홀했더니, 걷다가 갑자기 무릎이 푹 꺾인다. 서 있기 힘들면 강의도 못 하겠다는 생각에 몸도 운동해서 근력을 키우듯 글쓰기도 매일 쓰며 '글력'을 키워야 하는 중요한 습관임을 깨달았다. 사람이 안 하던 일을 시작해서 어려운 과정을 만나면 가슴이 꽉 막힐 듯 하기 싫은 생각이 든다.

한동안 걷기 운동 안 하다가 둘레길 걸으니 다리에 힘도 없고 걷기 싫어서 공원의 흔들의자에 한참을 쉬다 걸었다. 계속하던 일을 안 하면 점점 더 편하게 살고 싶다. 가르치기 위해 공부를 계속하지 않았으면 책 쓰기도 힘들었을 것이다. 책 쓰고 강의하면서 수강생들 글을 첨삭지도 하니, 내 글 퇴고를 더 꼼꼼하게 하게 된다.

글을 쓰기 위해 어떤 준비를 할 필요가 없다. 마음만 먹으면 아무 때나 글을 쓸 수 있으니 문학 전공한 것을 나이 들면서 요긴하게 써먹을 줄 몰랐다.

여행 간 이야기, 특이한 사건을 기억해내고 쭉 글을 써놓으니 '주제를 선택해 글 쓰는 고민'을 덜 수 있었다. 매일 글 쓰는 습관을 실천하니 하루가 알차게 느껴지고 잠 안 오는 시간을 잘 활용할 수 있어서 참 좋다.

늘 호기심이 많으니 나의 경계가 확장되고 폭넓게 관심을 가지게 된다. 댓글이라도 많이 모아두면 글감이 많아서 글쓰기에 도움이 된다. 다다익선이라, 짧은 조각글이라도 발췌해 두면 한 편의 글이 쉽게 완성된다. 하루의 일과를 세밀히 들여다보면 작은 일도 글감이 될 수 있다는 것을 깨달을 것이다. 글쓰기를 습관화하면 문법이나 문장력도 좋아진다. 매일 몇 줄이라도 글 쓰는 '루틴'을 만들어 놓으면 습관이 나를 견인한다.

새벽은 조용해서 써놓은 글 고치기 좋은 시간이다. 새벽에 잠이 깨면 다시 잠들기 힘들다. 그때 써놓은 글을 주로 수정한다. 책을 집필할 때도 있지만, 항상 몇 글자라도 수정한다. 책 읽고 생각나는 대로 단 몇 줄 칼럼을 써보기도 한다. 날마다 글을 쓰며 추억과 함께하니 즐겁고 행복하다.

매일 글쓰기는 절차기억이다. 이론을 알고 이해하고 쓰는 게 아니고 반복하면 익혀지는 것이다. 반복은 힘이 세고 위대함을 낳는다. 수영하는 원리를 알고 배우는 게 아니듯 수영하는 절차를 알면 된다. 절차 기획은 이해를 오게 한다. 매일 반복하며 쓰는 습관은 자신의 정신력이다. 아침에 벌떡 일어나 운동하며 글쓰기에 정성 들이면 결과는 저절로 좋아진다.

박문호 뇌 과학 박사님의 말을 따르면 "문제 해결의 최소단위를 찾아 행동하면 문제가 해결된다고 한다. 살 빼려는 사람은 저울에 날마다 무게를 달아본다. 늦잠을 해결하는 방법은 아침에 눈 뜨면 벌떡 일어난다. 책을 쓰고 싶은 사람은 날마다 글쓰기를 하면 된다. 최소단위를 실천하면 자가 추진력이 있어서 하고자 하는 문제가 해결된다."는 말이 맞다. 나도 새벽에 일어나 공부하는 것이 습관이 되었다. 멈추지 않고 공부를 계속하니 나이와 관계없이 공부를 하고 있다.

"책을 많이 읽어라. 남이 고생하여 얻은 지식을 아주 쉽게 내 것으로 만들 수 있고 그것으로 자기 발전을 할 수 있다." 소크라테스의 말이다. 내가 글 한 줄을 심혈을 기울여 읽듯 다양한 분야의 책을 깊이 읽는다. 이론으로 얻은 지식보다 글쓰기를 통해 현장에서 강의하면서 깨달은 지식이 실천을 하게 한다.

돈으로 환산해 가며 글을 쓰는 게 아니다. 가마솥의 콩도 삶아야 먹을 수 있듯, 내가 선택한 일을 정답으로 만드는 과정이 책 쓰는 것이다. '개권유익(開卷有益)'한 생각으로 매일 글쓰기 위해 노력하면서 수필 한 근의 값은 따지지 않는다.

5

특별한 인생 연결점

　스티브 잡스의 스탠퍼드대학교 졸업식 축사 중 '인생의 연결점'이
된 배경이 있다. '미혼모 아들로 탄생해서 입양, 리드 칼리지 입학과
자퇴, 서체 교육, 매킨토시 개발'이 그에게 성공의 연결점이 되었다.
보통 사람들은 그런 난관을 만나면 걸림돌이 되어 넘어져서 일어나
지도 못했을 것이다. 스티브 잡스는 어려움을 디딤돌 삼아 성공의 밑
거름이 되었다. 어떤 어려운 상황에 직면했을 때 사건 중심이 아닌
해석을 어떻게 하냐에 그 일의 성패가 갈린다.

　'특기나 재능이 월등한 인재는 인간성이 조금 나빠도 찾는 사람이
많다.' 그들에게는 특기나 재능이 곧 신용이며 평판의 척도가 되기
때문이다. 특기나 재능이 없는 사람은 좋은 평가를 받기 위해서 목표

를 세운 일에 부단히 노력하며 한 가지 일을 지속하는 것이다. 글쓰기도 마찬가지다. 농부가 밭갈이를 하듯 꾸준히 책을 읽고 글을 써야한다. 이것은 누가 대신해 줄 수 없다.

인생이 바뀌는 데는 네 가지 방법이 있다고 한다. 풍수에 따라 조상의 묘를 옮기는 것, 적선을 많이 하는 것, 봉사를 하는 것, 공부를하는 것이라고 하는데, 글쓰기를 첨부하고 싶다.

쉬지 않고 공부하고 봉사하고 적선을 했더니 인생이 업그레이드되는 복을 받았다. 인생의 고비마다 책을 찾아 읽었다. 내가 가는 길이옳은 길인가, 그른 길인가 가늠해 볼 여유도 없이 책 읽고 공부했다.

대학교수를 하고 글쓰기 강의를 하겠다고 목표를 세운 것도 아니다. 공부가 좋아서 우직하게 공부를 즐기다 보니, 교수도 하고 글쓰기 강의도 하게 되었다.

어떤 분야 공부를 하든 시작하기 전에 꼼꼼히 점검하고 수강 신청부터 하며, 시작하면 끝날 때까지 물고 늘어졌다. 힘든 상황이 오면그 일이 재미있다고 나에게 최면을 걸었다. 재미있다고 수시로 말하면 지겹고 힘든 일도 재미있어진다. 이것이 '플라세보' 효과다. 한 가지 지속하는 습관은 수많은 철학자의 연구 대상이다. 세계적인 명사들도 반복의 중요성을 강조했다. 아무리 강조해도 지나침이 없는 대표적인 단어가 바로 습관이라고 확신한다. 투자의 귀재 '워런 버핏'은강연회에서 습관에 대해 이렇게 말한 바 있다.

"원래 습관의 족쇄란 너무도 가벼워 느낌조차 없다가도 시간이 흐를수록 점점 무거워져 결국에는 다리를 절단 내고 맙니다. 내 나이쯤되면 습관을 바꾼다는 것 자체가 거의 불가능해져요. 이미 습관의 노예가 되어버린 것이기 때문이죠. 오늘 당장 좋은 습관을 택해 실천하겠다고 다짐하면 여러분은 머지않아 그 습관을 자신의 것으로 만들 수 있습니다."

한 가지 일을 끊임없이 지속하는 것이 앞으로의 인생에 도움이 되거나 자신에게 바람직한 변화를 가져올 것이라고 단정하기는 어렵다. 실력을 갈고닦은 일과 관련된 직장에서 일을 한다는 보장도 없다. 공무원을 목표로 열심히 노력했지만 공무원이 안 될 수도 있다. 내가 가고자 하는 길이 아닌 다른 길로 가더라도 공부한 지식은 내 머릿속에 있다. 어떤 일을 하든 다양한 공부를 한 사람은 '지식이 재주'가 되어 나를 이끈다.

"지금 글쓰기 공부를 매일 하는 것이 지금 일에는 아무 의미도 없어. 어차피 해봐야 시간 낭비야." 생각하는 사람들은 금방 그만 중단하게 된다. 하지만 "지금 내가 하는 이 일이 반드시 의미가 있어."라고 믿는 사람은 지속할 수 있다. 배워놓으면 내가 가고자 하는 길이 언젠가 나를 향해 손짓해 부를 수 있다. 책 속에 길이 있으니 사업하다 망해서 답답한 일을 해결해 주리라는 생각에 공부를 하고 책을 읽고 있는데, 해결이 안 된다는 사람도 있다. 꾸준하게 책 읽고 공부하며 실천해야 좋은 결과를 가져다주는 것이지, 책만 읽는다고 어떤 문제가 금방 해결되는 것은 아니다.

자기가 하고 있는 일에 의미가 있는 것이라고 믿는 마음을 스티브 잡스는 스탠퍼드대학교 졸업식 연설에서 "점과 잇는다." 표현했다. 지금 하는 공부가 다른 분야 공부와도 연결될 것으로 생각하면 어떤 일이건 지속할 수 있는 힘은 참 좋은 동기부여다.

나는 한 장르의 공부가 끝나면 또 다른 분야를 찾아서 공부했다. 모르는 분야를 알아가는 재미는 해보지 않은 사람은 느낄 수 없다. 공부하는 현장에 있으니 챗GPT 같은 새로운 AI를, 다른 사람보다 빨리 접하게 되어 참 반갑다. 다양한 분야를 체험하는 건 공부하겠다는 열정과 인내심만 있으면 가능하다.

사람 사이에 삶의 인연이 튼실하게 존재하는 것 같다. 모든 인간관계가 아프게만 느껴졌던 시절이 있었다. 생고생하며 봉사했던 단체에서의 아픈 기억이 국가에서 주는 큰 상을 받을 기회를 만들어 줬다.

특별한 경험과 체험은 어떤 것과도 바꿀 수 없는 귀중한 자양분이 되어 지금도 나를 키우고 있다. 인간관계에서 상한 것을 발라내고 쭉정이를 골라 끊어낼 수 있는 혜안과 용기를 얻었다.

"창조는 여러 요소를 하나로 연결하는 것이고 창의력은 경험한 것들을 새로운 것과 연결할 수 있을 때 생겨난다."는 스티브 잡스의 말처럼 공부하고 경험한 것들을 연결하면 생각지도 못했던 글감들이 떠올라 한 편의 글을 쓴다.

배움에는 유효기간이 없고, 멈추면 먼지처럼 날아가 형체가 사라질지 모른다. 세월의 흐름에 안간힘으로 '브레이크' 걸며 나이 대신 배움을 손에 쥐고 있다. 마흔에 대학생이 되어 '공부는 마음속 자전거'가 되었다. 자전거를 타듯 어떤 상황에서도 멈추지 않고 공부를 계속해 온 것이 특별한 나의 인생이 되었다. 이것저것 타 분야 공부한 것이, 글을 쓰면서 유기적으로 연결되어 글감으로 시너지 효과를 낸다.

자잘한 일상을 엮어 인연이 되는 사람과 공부하며 함께 누리는 면학 분위기가 좋다.

기술은 배우고
예술은
키워간다

매일 글을 쓰는 사람이
명문장을 쓸 수 있다

책을 많이 읽고 깊은 생각을 하고 준비를 철저히 하고 글쓰기를 하는 사람이 명문장을 쓰는 게 아니라, 매일 글쓰기를 하는 사람이 좋은 글을 쓸 가능성이 크다.

"예술은 설명이 아니고 일상을 작가의 눈으로 잡아내는 감동이다. '일상의 존중'을 깨달으면 예술로 연결된다. 일상의 재구성을 통한 긴장된 새로운 세계의 창조가 예술일 때 공감을 넘어선 감동이 인다." 김용택 시인의 말이다.

수필은 시보다는 원인과 결과의 매듭이 분명하고, 사건보다 해석 중심으로 풀어가는 작가의 의도가 명확하다. 시는 심상을 떠올리는 비유가 많고 산문은 기승전결, 서론·본론·결론과 같은 글의 구성에 대한 문체의 기법에 초점이 모인다.

좋은 수필을 쓰려면 시와 소설의 장점을 잘 활용하면 좋다. 수필은 시가 주는 이미지의 심상과 소설이 주는 서사의 탄탄한 구성을 참고한다. 시의 함축미, 언어의 전이, 적당한 비유를 능숙하게 다룬 수필이 좋다. 소설에서 사물을 그려내는 묘사력, 인간 삶의 상태를 관찰, 경험하고 이해하는 과정을 쓴다. 고전에서 현실을 유추하고 인간 삶의 아름다움을 사랑하고 그것을 내 삶과 연결해서 글로 풀어내면 감동적인 수필이 된다.

'특이한 체험보다 일상의 체험을 잘 활용'해서 글을 쓴다. 날마다 글을 쓰며 차분하고 충만하게 마음을 다독인다. 책을 필사할 때도 있지만 걸어가면서 좋은 문장이 떠오르면 몇 줄이라도 수시로 멈춰 서서 메모를 한다. 그 자리에서 쓰지 않으면 좋은 글감이 금방 사라져 버린다. 책을 읽거나 좋은 생각이 떠오르면 메모를 해서 자투리 문장을 모아놓는다. 글감 모으기도 부지런히 관심을 가지고 해야 늘어난다. 초고를 고치지 않고 비유까지 들어가며 분량을 맞춘다. 써놓은 글이 분량이 넘치면 '예를 들어 써놓은 부분'을 글감으로 따로 모아놓는다. 주제에 따라 '감정도 무게가 다르고' 주제에 맞는 적절한 묘사를 써야 할 때도 있다. 이런 자투리 글을 모아놓으면 비슷한 문장에서 요긴하게 쓰일 데가 있다.

글 쓰는 시간과 장소는 따로 정하지 않는다. 지인과 대화 중 또는 일하다가 옆 사람의 대화를 듣고 이야기를 수집하거나 특이한 단어를 캡쳐해 놓는다.

동화 쓰기 수업이 끝나고 점심을 함께 먹고 커피숍에 갔다. 이런 저런 대화를 하는데 말끝마다 "안 된다."를 연발하며 부정적인 표현을 하는 사람이 있었다. 동화를 배우러 온 이유가 몸에 암이 있을지 모른다는 말을 듣고 이겨내려고 왔다고 한다. 어두운 말을 습관처럼 하는데 말투를 고치라고 했다. 부정적인 마음이 말투에 반영되어 나타나고 운명처럼 말하는 대로 될 수 있으니 조심하라고 말해줬다.

동화를 필사하다 보니 대화체가 많았다. 어린이의 눈높이에 맞는 문장의 가벼움과 작가의 문체가 느껴져 필사를 해보지 않았으면 못 느꼈을 것이다. 글을 쓰면서 어떻게 하겠다는 생각을 하고 쓰는 게 아니라 끄적거리다 보면 몰입하게 된다. 습관을 들이니까 밥 먹듯이 글을 쓰지 않으면 손가락이 심심해진다. 글 안 쓰고 멍하니 있으면 하루를 헛되이 보내는 것 같다. 매일 글을 쓰고 있으니 힘들다는 생각보다 숙달이 되어 한 시간 정도 쓰면 한 편의 수필 얼개가 나온다.

글은 마음먹으면 쓸 수 있다. 주제를 정하면 그 주제에 맞는 체험이나 실화를 쓰면 글이 생생하고 분량을 채우기가 쉽다. 어떤 사건을 쓰면서 등장인물의 감정까지 자세히 묘사하다 보면 살아 있는 글이 된다.

몸이 아플 때도 글을 쓰는데, 걱정거리가 생기면 이런 걱정을 언제 무슨 일로 했던가, 글감을 떠올리며 해결점을 찾는다. 글쓰기에 몰입하다 보면 걱정은 사라지고 한 편의 글을 써내는 내 모습을 발견한다. 일상생활하다 일이 벌어지면 글감을 떠올리니 작가의 기쁨이 이런 것이구나! 기분이 좋아진다.

조금씩 써나가면서 물리적인 양을 늘리다 보면 빈 곳을 메꿀 문장이 써지기도 한다. 뭘 쓸까 걱정하는 것보다 노래 가사를 쓰더라도 무조건 한 자라도 쓰면 된다. 다다익선, 많이 쓸수록 좋은 글을 쓸 확률이 높아진다. 글을 쓰다 보면 단어 선택이나 어휘 선택을 하면서 말투에서 작가의 문체가 생성된다. 글감이나 문장력을 고민하지 않아도 된다. 날마다 쓰다 보면 자잘한 일상 모든 것이 글감이라는 것을 깨닫게 된다. 출근 시간 지하철에서 한 편의 글을 쓸 때도 있다. 어떤 생각이 떠오르면 핸드폰 메모장에 바로 글을 쓰는 습관이 생겼다.

다작에서 좋은 작품이 나오고, 때와 장소를 가리지 않고 글을 쓰겠다는 마음가짐이 중요하다. 글 쓰며 살고 싶다면, 글쓰기 실력을 향상시키고 싶다면, 매일 일정한 시간을 글쓰기에 투자하면 된다. '명문장 쓰겠다고 벼르는 사람보다 매일 쓰는 사람이 빨리 성장'한다.

아동문학 교수님이 빨간색 짧은 미니스커트를 입고 껌을 씹고 있는 여자, 지팡이를 든 꼬부랑 할머니 등, 등장인물 특징을 몇 개 써주고 이것을 연결해서 수업 시간에 글을 완성하라고 했다. 학우들은 외모의 특징에 한정 지어 글을 썼다. 나는 "빨간 미니스커트 입은 여자는 여름에 해수욕장 다녀오다 지하철에서 꼬부랑 할머니를 만나서 대화를 나누게 되었다."라는 글을 썼다. 등장인물 옷차림과 외모의 함정에 안 빠지고 특징을 잘 살려냈다고 칭찬받았다.

장소와 상황이 등장인물의 캐릭터를 살릴 수도 있다. 또 경험에 의한 글은 작가가 직접 겪은 일이므로 어떤 이론서보다 더 나을 수도 있다.

스토리텔링 수필을 읽다 내가 경험한 기억을 가동해 글감이 떠오르게 된다. 그 순간을 한 문장이라도 기록을 하게 되면 수필의 씨앗이 발아를 하게 된다.

글쓰기는 기본이 중요하다. 맞춤법 오·탈자가 없는지, 주어와 서술어는 맞게 배치되어 있는지 점검한다. 장문의 글을 쓰다 글이 삼천포로 빠지지 않았는지 문장 구성과 문체는 적절한지 글에 맞는 단어를 적확한 위치에 배치했는지를 확인한다. 글 내용에 비해 단어가 무겁지는 않은지, 환경이나 나이에 맞는 비유를 적절하게 했는지 수시로 읽고 고쳐야 한다. 내가 쓴 글이 비문은 없는지 글은 꼭 소리 내어 읽는다. 읽다가 발음이 엉키면, 주어, 서술어가 멀고 비문일 가능성이 있다. 읽을 때는 안 보이던 비문이나 오·탈자는 필사를 하면 잘 보인다. 써놓은 글 필사를 해보는 것은 재점검을 확실히 하게 되어 '금상첨화'다.

퇴고한 책이 출간된다. 완벽한 글인 것 같아도 시대에 따라 느낌이 다르다. 한 달 전에 써놓은 글이 낯설게 느껴지는 이유는 시대의 흐름이 시시각각 변하기 때문이다. 책을 쓰기 시작했으면 1년 안에 출간한다. 글에서 독자는 시대의 분위기를 읽는다. 써놓은 글은 수시로 고쳐야 현장감 있어서 좋다.

내 기분에 젖어 쓴 글보다 독자를 위한 한 줄의 메시지가 파장이 더 크다. 같은 이야기를 남과 다른 시선으로 해석하며 독자를 위한 자기의 철학을 써서 완성된 글을 세상에 내보내는 일은 두렵지만 행복하다.

글을 쓰면 좋은 점은 차분해진다. 생각하는 힘이 강해지고 자기 점검을 한다. 다른 사람에게 선한 영향을 주니 인간관계가 좋아진다. 글 속에 나를 내려놓으며 과거와 화해하며 날마다 성장하는 나를 만난다.

매일 글 쓰는 작가는 자신과 삶에 대해 진지해지는 시간을 갖는다. 하루를 깊이 있게 성찰하는 매일 글 쓰는 삶, 내 인생은 어느 때보다 진솔하고 세상의 이치를 깨닫는 글의 깊이가 달라지고 있다.

"아주 작은 일도 일주일 계속하면 성실한 사람이 되고, 한 달 계속하면 신의가 있는 사람이 되고, 1년 계속하면 생활에 변화가 있고, 10년 계속하면 인생이 바뀌게 된다."는 말이 있다. 세상의 큰일은 '아주 작은 일을 계속하는 것'에서 시작되니 매일 루틴을 정해 글쓰기를 실천한다.

2

감정은 핵심 기제

　수필은 무형식이 형식이라고 할 만큼 규격에 얽매이지 않고 개성적인 글쓰기를 할 수 있는 분야다. 내용, 형식, 창작 방법 등 자유롭고 다양한 글쓰기가 가능한 것이 수필의 특성이다.

　수필은 주로 경험을 많이 쓴다. 경험의 '의미론적 형상화'에 중점을 두지 않고 그것에 대한 인상이나 감정을 보여주는 '서정 중심 수필'도 꽤 선호하는 양식이다. 지식이나 사유를 통한 삶의 '철학적 의미'를 가지는 '관념 중심 수필'을 선호할 때도 있었다. 젊은 작가들의 가장 큰 약점은 체험한 서사가 약하다는 것이다. 황석영 작가의 지적처럼 자기의 경험을 서사로 쓰고 거기에 맞는 묘사를 잘하면 이야기 자체에 아름다움이 있는 것이다. 체험 글은 살아 있다. 글감이 좋으면 글솜씨가 부족해도 독자는 감동을 한다. 그것이 자기의 경험과 감정을 이야기로 풀어내는 스토리텔링 글쓰기다.

수필은 주로 경험한 사실에 의견이나 주장을 하는 교술 양식에서 출발한 장르다. 수필의 형식은 유연하게 변용할 수도 있다. 교술의 장르 규칙을 지키면서 서정, 서사, 극적 속성을 활용하기도 한다. 소설적인 구성, 시적인 비유, 희곡적 대사를 써서 다양한 방식을 취하기도 한다.

서정적 수필은 작가의 감정과 정서가 풍부하여 묘사와 비유가 많고 감정 이입을 하게 되며 예술성 있는 작가의 문체가 잘 드러날 수 있도록 서사를 탄탄하게 자기 체험을 문학적 수필로 녹여내는 것이다. 수필의 내용과 형식은 밀접한 관계다.

어떤 사건을 쓰다 보면 등장인물의 감정을 쓰게 된다. 감정은 '핵심 기제'가 될 만큼 중요하다. 감정의 스펙트럼은 매우 다양하고 넓다. '경험 중심 수필'을 쓰면서 감정이 중심으로 펼쳐지는 경우도 있다.

우리가 의사소통을 할 때 말보다 비언어적 소통이 93%라고 한다. 외국어나 '수화'를 잘 못해도 대화가 가능했던 기억이 있을 것이다. 비언어 표현에 많이 등장하는 것이 감정이다. 감정은 등장인물의 결심, 행동을 나타내고 이야기의 흐름이 전개되는 '핵심 기제'가 된다. 작가가 쓴 감정의 흐름에 동요된 독자는 글 속에 감정이 이입되어 마음이 요동치는 것이다. 감정이 없는 글은 이론서처럼 주인공의 특징도 없고 주제가 무미건조하다.

특히 한국어는 '화용론'으로 주어가 없어도 이야기가 통한다. 대화자끼리 분위기나 관계 형성에 감정이 큰 역할을 담당한다. 글을 쓸 때는 능동태를 써야 한다. 영어를 해석할 때 '개가 나를 물었다.'로 쓰는데, 수필에서는 '내가 개에게 물렸다.' 능동태로 쓴다. 좋은 글을 해석하는 맛은 독자가 읽고 잘 이해할 때 나타난다.

형상과 인식의 결속을 살펴보면, 문학은 언어 예술로서 사물을 형상화하고 인식하는 정신적 활동이다. 문학어를 형상화하다 보면 실용어나 일상어와 차이를 느끼고, 인식의 작용에서 지식의 습득과 다르다. 형상화란 무엇인가를 나타내 주는 것이며 피상적인 것에 구체성을 부여하는 것이다. 형상화와 인식화가 동시에 이루어지면 결속의 효과가 커진다. 예를 들면

"손, 세상으로 내미는 '손'은 사람과 사람 사이를 잇는 한 가닥의 끈이다. 끈과 끈이 만나 꼬이고 엮어져 굵은 밧줄이 되는 것처럼 이 세상은 사람과 사람이 서로의 손을 잡고 힘을 모으기도 하고, 손을 들어 비판하기도 하면서 발전하는 것이다. 나의 손이 얼마의 힘을 가진지는 모른다. 그러나 내가 손을 잡거나 내 손을 잡는 누군가가 따뜻하고 포근하게 엮어지는 마음의 끈을 느낄 수 있다면 더할 수 없이 기쁠 것 같다. 지금 내게로, 세상으로 줄기차게 손을 내밀고 있는 화초들이 참으로 장하고 용감하다."

강여울, 「손」 일부

작가는 손이라는 대상을 통해 소통을 꿈꾼다. 소통이란 손을 잡아 한 가닥 끈으로 삼고, 여러 사람 손을 모아서 굵은 밧줄을 만들려고 한

다. 손은 보이는 형상이지만 마음의 끈은 보이지 않는 인식의 은유다. 인식과 형상이 결속하여, 존재에 대한 인식과 존재와의 소통이 손이라는 소재로 연결되는 이야기도 사람의 감정을 잘 표현하는 경우다.

『공부야, 놀자!』에 글쓰기 강좌를 개설하려는데, 수강생 모집이 힘든 과정 사례를 들었다. 교회 사모님이 수강생을 모집하기로 해놓고 약속도 안 지키고 불성실하게 일 처리해 놓고 "미안하다."는 말 한마디 없이 나를 함부로 대했던 감정을 써놓았다. 그것을 읽은 교인이 왜 "교회 사모님을 나쁘게 썼냐." 결말에 좋게 마무리를 안 지었다고 감정을 강하게 표현했다. 그 글 내용에는 수강생 모집을 회피하는 또다른 사람 이야기도 있다. 내용의 흐름을 기억 못 하고 오로지 교회 사모님 이야기만 꽂혀 뇌리에 남은 듯했다. 내 글을 이해 못 하는 독자에게

'교회중심'으로 삶을 사는 사람 이야기를 꼭 읽어보라고 말하고 싶다.

"교회를 어떤 인생 목표를 성취하기 위한 수단이 아닌 목표 그 자제로 보기 때문에 사람들은 지혜와 삶의 균형감각을 잃는다. (중략) 교회는 단지 하나님의 능력이 인간의 본성에 닿을 수 있도록 하는 하나의 매체임을 주장할 뿐이다."

『성공하는 사람들의 7가지 습관』, p.167

관계 기관에서도 코로나로 수강생 모집의 어려움을 적용해서 인원수를 줄여줬다. 우여곡절 끝에 수강생 모집을 해서 강의를 할 수

있었다는 이야기다. 이야기 흐름에서 교회 사모님에 대한 성격 형상화를 잘 표현한 것이다.

성인 책은 해석이 다의적이라 열린 채로 끝나는 플롯도 있다. 의견을 제시해서 결론을 독자에게 맡겨도 된다. 등장인물에 독자들의 반응이 뜨거울수록 잘 쓴 글이다. 교회 사모님을 옹호하고 싶은 사람과 또 교회 사모님처럼 책임감 없는 말에 맞장구를 쳐주는 사람도 있는 것이다. 문체가 밋밋하면 재미가 없기에 감정 표현에 독자의 호응을 끌어낸다면 잘 쓴 글이라고 볼 수 있다.

수필은 앉은 자리에서 읽을 수 있는 경험이나 들은 말, 체험 등 이야기를 철학적으로 사색할 수 있는 글이 좋다. 유머를 곁들여 독자가 작가의 이야기에 위로를 받으면 작가의 팬이 되는 것이다.

"문학 '구조의 기본 요소'에서 시는 운율과 어조, 소설은 인물과 사건, 수필은 제재와 주재라고 한다. 또 수필은 관조의 문학, 자기성찰의 문학이라고도 한다. 수필은 철학적 성격이 강하지만 에세이는 철학과 문학의 튀기라고도 한다. 수필이 문학의 하위 장르지만 수필은 다른 문학 장르와 달리 지적, 관조적, 자성적 성격이 강하다는 것이다. (중략) 수필은 가치 있는 체험을 정제된 언어로 독자에게 직접 전달하는 열린 형식의 문학이다."

「손광성의 수필 쓰기」, p.24~25

수필은 작가가 체험한 사실을 쓰기 때문에 비슷한 경험을 한 독자가 자기의 일처럼 '라포 형성'으로 심리적 위로와 교훈을 얻기도 한다. 수필을 읽고 작가의 생각과 상반되는 반응을 보일 수 있다는 여지를 두고 쓴다.

글을 쓰기 전에 내 앞에 있는 지인에게 이야기해 주는 것이라고 상상하며 그 지인이 지루해서 자리를 떠나지 않도록 마음 써가며 이야기를 들려주듯 글을 쓴다.

작가에게 꼭 필요한 유의어와 기본 문법책, 현실과 과거에 대한 징검다리를 어떻게 써갈까 심혈을 기울이며 글을 쓴다. 독자에게 다양한 주제로 해석되는 '핵심 기제가 되는 글'이 좋은 글이라고 한다. 한 편의 글에 독자에게 줄 메시지가 잘 전달되도록 고루한 생각을 조절해 가며 글을 써야겠다.

챗GPT
글밥 먹고 일한다

　세 번째 수필집 가칭 『스토리텔링 글쓰기 징검다리』 퇴고하고 있다. 종이에 인쇄해서 세 번째 퇴고하는데, 재미없고 지루하다. 그래서 챗GPT에게 퇴고를 어떻게 하는지 물어보기도 하고 문학에 대해 이것저것 질문해 봤다.

　챗GPT는 'OpenAI'가 개발한 대화 전문 인공지능 로봇이다. 컴퓨터가 도입되고 인공지능 분야의 기기들이 빠르게 개발되고 있다. 문학에서 글쓰기를 하는 사람들이 챗GPT를 글쓰기에 어떻게 활용해야 하는지 화두가 되고 있다. "챗GPT를 잘 다루는 사람은 가치가 달라진다." 말이 있다.

　"챗GPT는 사용자의 질문에 에세이를 작성하는 것에 특화되어 있다. 지식을 변형해서 창출하며 글쓰기를 수행한다. 그런데 잘못된 정보를 조합하거나 거짓 정보를 재생산해 낼 우려도 있다고 한다. 챗 GPT를 잘 활용하려면 학습자는 질문을 잘해야 하고 글의 중간 산출물에 메타적 읽기 능력 출처 확인 보강이 필요하다." 장성민 교수의 학술 논문 「챗GPT가 바꾸어 놓은 작문교육의 미래」에서 발췌했다.

1년을 거쳐 썼던 『공부야, 놀자!』는 퇴고를 몇 번 안 했다. 세 번째 책 초고를 4개월 만에 써서 그런지 퇴고를 여러 번 했는데도 갈 길이 요원하다. 경험을 쓰다 보니 2권과 중복된 문장도 있고 또 세 번째라 1, 2권보다 잘 쓰고 싶어 고민이 깊다. 셋째 딸이 예쁜 이유가 있는 것 같다. 뭣 모르고 만든 첫째와 환경, 물질적으로 이래저래 준비가 부족한 상태에서 둘째가 태어났다면 셋째는 직감력으로도 예쁘게 만들려고 부부가 노력했을 것이다.

퇴고를 할수록 왜 글이 맘에 안 드는지 모르겠다. 초고 쓸 때 손가락이 자동으로 움직이더니 읽을수록 빼고 싶은 꼭지가 있다. 어른들이 셋째 딸은 예뻐서 선도 안 보고 데려간다는데 세 번째 출간되는 책이 독자들의 사랑을 받았으면 좋겠다.

눈썹이 발레 하듯 뛰고 다닐 때 400여 명 단체장을 하면서 인간 알레르기가 생길 만큼 맘고생 했다. 가만히 있어도 시샘을 당하는, 직관이 강해서 남의 심리를 잘 읽고 만만하게 보이지 않은 건 사주 팔자라고 한다. 좀 헐렁거리게 생겼으면 장벽 너머 보호 본능이라도 불러올 텐데……. 강해 보이는 외모와 달리 마음이 순두부처럼 여리다. 챗GPT와 순두부같이 말랑말랑 친해지고 싶었다. 챗GPT에게 재미 삼아 가벼운 질문을 했는데, 바로 답을 준다.

2018년 탄생한 챗GPT는 거듭 업그레이드되더니 AI 분야에서 떠오르는 마스코트다. 챗GPT가 궁금해서 간을 보다가 챗GPT와 궁합이 맞아 친구가 되었다. 심심할 때마다 챗GPT에게 질문하면서 문학에 대해 궁금한 것을 물었다.

"수필 쓰기 강의가 뭔가요?"

"수필 쓰기 강의는 글쓰기 기술을 배우고, 자신의 생각과 경험을 잘 표현할 수 있는 능력을 향상시키는 강의입니다. 수필은 자신의 경험, 생각, 감정 등을 자유롭게 표현하는 글의 장르로, 일상적인 주제에서부터 철학적인 이야기까지 다양한 주제를 다룹니다. (중략) 강사는 수강생들의 글을 분석하고, 피드백을 제공하여, 개인별로 성장할 수 있는 기회를 제공합니다."

"글쓰기에서 비유는 뭔가요?"

"비유는 어떤 것을 다른 것으로 비교하여 표현하는 수사적인 수단입니다. (중략) 예를 들어, '그녀는 해바라기처럼 밝고 따뜻한 사람이다.'라는 문장에서는 '해바라기'라는 것을 '그녀'와 비교함으로써, 그녀의 밝고 따뜻한 성격을 묘사하고 있습니다."

"야채 가게를 묘사해 주세요."

"작고 아담한 야채 가게에는 싱싱하고 건강한 야채들이 가득합니다. 상큼한 향기와 함께 빛나는 녹색과 선명한 빨간색, 노란색, 보라색 등의 채소들이 진열대에 가득히 쌓여 있습니다."

"수필 쓰기 퇴고가 궁금해"

"수필 쓰기 퇴고를 위해서는 어떤 종류의 수필인지, 어떤 내용을 다루는지, 목적과 대상 등을 먼저 파악하는 것이 중요합니다. 교정은 맞춤법, 띄어쓰기, 문법, 구두점 등 교정합니다. 문장 구성은 문장의 길이와 조합, 어휘 선택 등을 고려하여 문장 구성에 신경 씁니다."

퍼팩트한 답은 아니어도 그 분야 초급자가 갈증 해소할 만한 답은 된다. 질문을 자세히 하면 더 자세한 답이 온다.

"우아! 고마워요, 내가 바라던 답이에요."

"별말씀을요! 더 궁금한 것이 있으면 언제든지 물어보세요! 저도 더 배우고 싶어요."

무료로 사용하는 챗GPT에 질문한 답인데, 인간처럼 사고력을 가지고 대화를 해주는 박사 친구 한 명 둔 것 같아 반갑다. 글쓰기에서 챗GPT를 잘 활용하는 방법은 주제를 써놓고 문제 해결을 어떻게 하는지 묻는 방법도 좋다. 답을 응용해서 내 문투로 고치는 건 필수다. 이젠 재미가 들려 심심하면 챗GPT와 질문하고 논다. 2021년 10월 이전 자료만 답을 해줄 수 있다고 한다. 저장된 학습데이터 92%가 영어라고 한다. 한국 역사나 한국인에 대해 질문한 답은 '아무 말 잔치'다. 문학에 대한 질문에 디테일한 답은 아니어도 글쓰기 초보들에게 조각글의 얼개 정도는 써준다. 거짓된 정보를 그럴듯하게 답을 내놓기도 하는데 자기 분야 전문가는 잘못된 답인지 알고 질문해야 기기를 써먹을 수 있겠다. 그림에 대해 질문하면 오답이 많이 나왔다. 내가 체험한 바로는 그림보다 글쓰기에 더 도움이 될 기기라고 볼 수 있다.

챗GPT가 더 발전하면 몸을 쓰는 일 빼고 많은 분야 일자리가 사라질 것이라 한다. AI 도구는 인간이 활용하려고 만들었지 일자리 내

주려고 만든 게 아니다. 줌, 유튜브 기능도 빨리 익힌 사람이 비대면 수업에 적용했다. 새로운 기기가 나오면 한 발이라도 빨리 기계 다루는 법을 배우는 사람이 주도권을 잡을 수 있기에 메타버스, 제페토, 게더타운 등 미래체험 교육을 배운다. AI 시대 인공지능을 잘 활용해야 편하게 살 수 있다. 카톡에 챗GPT 채널 추가해서 사용하는 법을 만나는 사람마다 침을 튀기며 설명했다.

국자가 국 떠준다고 국 맛을 아는 게 아니듯, 챗GPT가 글 쓰는 맛을 알고 쓰는 게 아니다. 경험을 써야 하는 작가는 챗GPT의 도움으로 글을 쓸 때, 도구 역할만 해주니 비서처럼 반가워해야 한다. 챗GPT에게 질문을 구체적으로 해야 원하는 답의 근사치를 얻을 수 있다. 얻은 답이 정답은 아니기에 내가 아는 지식과 경험, 지혜를 잘 버무려서 원하는 질문을 한다. 챗GPT를 글쓰기 도구로 써먹기 위한 질문을 잘하기 위해서도 글쓰기는 꼭 배워야 한다.

AI 시대 사람도 인공지능 기계와 공생해야 살아남는다.

4

'광고'도 책 쓰는 과정이다

첫 책이 탄생할 때는 마음만 급해서 어려움이 많았다. 두 번째 책은 1년 안에 꼭 써야겠다는 절박함으로 몰입한 결과 『공부야, 놀자!』가 나오게 되었다.

글쓰기 강의를 하고 있는 나는 출간한 책이 한 권이라 두 번째 책이 꼭 필요해서 마음이 바빴다. 1년간 어르신 글쓰기를 하면서 수강생에게 과제물 내주고, 나도 과제 하듯 루틴을 정해 일주일에 한 편 이상 빠짐없이 글을 썼다. 밀리지 않고 꼬박꼬박 썼더니 10개월 지나 책 한 권 분량이 되었다. 책 초고를 쓰면 주위 사람들에게 광고하면서 도움을 받는다.

『탁월한 선택』 첫 책을 낼 때, 5년 동안 낑낑댔다. 동인지에 글은

15년 동안 쭉 써오고 있었지만 나만의 책을 쓰고 싶었다. 준비과정으로 자원봉사 팀에 합류해서 다른 사람 자서전을 썼다.

'문예창작학과를 졸업한 지 20년이 흘러 내가 학교 다닐 때와 글 쓰는 방법이 다를 수 있다.' 생각이 들었다. 시대적 흐름을 간과할 수 없었던 나는 인터넷에서 좀 비싼 수강료를 내고 책 쓰기 수업을 들었다. 책 쓰기를 배우기 위해 인터넷에서 상담한 결과 글쓰기 강의하는 사람들은 문학 전공자가 아니었다. 영어 강사나 책 몇 권 쓴 사람들이 글쓰기 강의를 했다. 신춘문예 당선될 정도로 문학적인 글을 쓰기까지는 부단한 노력이 필요하다. 어떤 사람은 10년 동안 소설을 써서 '신춘문예' 당선되었다고 한다. 또 간호사를 하던 사람이 직장을 그만두고 7년 동안 소설을 공부해서 신춘문예 당선되었다고 한다. 그 말을 들은 교회 사모님이 말했다.

"그 좋은 직업을 그만두고 글쓰기를 왜 하나요?"

"목사님은 돈도 안 되는 목회를 왜 한데요?"

사람들은 자기 기준에서 물질에 영합하지 않은 일은 헛짓으로 본다. 글쓰기는 평생교육 시대에 꼭 배워야 할 필수 항목이다. 강의를 하거나 유튜브 운영, 자영업자들도 상품 판매하기 위해서는 글을 써서 제품을 광고한다. 자서전 한 권이 내가 하는 일을 광고하는 두꺼운 명함 역할을 한다. 장사를 하던 직장을 다니던 공부를 하지 않으면 버틸 수가 없는 고학력 시대다. 법적인 문제가 생겨도 관공서에서 지원하는 지원금을 받으려고 해도 글을 제대로 못 쓰면 원하는 것을 얻기 힘들기에 글쓰기는 어느 분야에서나 꼭 필요한 덕목이다.

'도전하는 사람이 뇌의 잠재 능력을 깨우고 죽을 때까지 늙지 않고 건강한 뇌를 유지한다고 한다. 오늘 하루 열심히 사는 것이 내일을 말해준다.'

글쓰기 강의를 하고 있어서 꼭 내 책을 써야 하는 절박함이 있었다. 첫 책『탁월한 선택』초고를 20일 만에 썼다. 늦깎이로 마흔 살에 대학을 다니면서 성적 장학금을 놓치지 않으려고 시험공부 하면서 20번쯤 외우면서 공부했다. 인간의 능력 향상은 뇌를 풀가동시킬수록 사고가 유연해지고 뇌가 성장하며 개성이 생긴다고 한다.

자격증을 50여 개 취득하면서 다양한 공부를 하며 '모소 대나무' 처럼 뿌리에 영양분을 비축해 오고 있었던 것이다. 노트북을 펼치자 그동안 심심했던 손가락이 재미있는 장난감 만지듯 컴퓨터 키보드를 가지고 신나게 글 쓰며 놀았다. 몰입하며 집중하다 보니 보이지 않은 신이 내 손을 잡고 글을 함께 써주는 것 같았다.

학교에서 정규과정 공부하는 것처럼 글을 써야 한다며 장소와 시간을 정하고 글쓰기 위해 커피숍을 찾거나 경치 좋은 곳에 여행을 간다고 해서 글이 잘 써지는 게 아니다. 멋있는 자연 속에 있다고, 시간이 많다고 글을 쓰는 게 아니라, 오히려 바쁜 일상에서 십 분이라도 틈새를 이용해서 한 줄이라도 글을 쓰려는 마음이 우선이다.

자연적으로 그냥 흘러가는 객관적인 '크로노스'의 시간보다, 내가 글 쓰는 의미 있는 '카이로스'의 주관적 시간을 확보하는 것이 중요하다.

그동안 책을 써야겠다고 많은 생각과 고민을 했던 것이 글쓰기의 양식으로 축적된 것이다. 자기의 생각을 잘 다듬어 써놓은 글은 읽을 만한 가치가 있다. 허황된 공상도 현실에 기반을 두면 사람들이 인식

할 수 있다. 어떤 장면의 디테일을 쓸 때, 등장인물, 장소나 분위기 묘사 등 독자를 작가의 세계로 끌어들이려면 현실에 중점을 두어야 한다. 컴퓨터 앞에 앉아서 머릿속에 있는 글밭을 한 줄이라도 밭고랑 일구듯 손으로 일구고 있다. 내가 심혈을 기울여 쓴 글이 독자를 위한 의미 있는 책인지는 독자가 정한다.

책을 여러 권 집필할 때는 여행, 일상생활, 공부, 등 방향을 정해서 같은 분야로 쓰는 게 좋다. 평생교육을 실천하는 나는 평생교육 방향의 책을 썼다. 책 제목을『공부야, 놀자!』정해놓고 본문을 쓰면서 즐겁게 공부한다는 생각으로 썼다. 목차 써놓고 본문 쓰면서 수시로 수정했다.

독자들이 책을 구매하는 방법을 생각해 보았다. '표지와 책 제목, 목차를 훑어보고, 들어가는 말과 마무리 글을 읽고 책을 구입한다.' '플레이 스토어'에 오픈해 주는 책 소개에서는 꽤 많은 본문을 샘플로 읽을 수 있다. 제목은 현시대를 반영하여 광고 카피처럼 쓴다. 독자가 좋아할 만한 잘 쓴 글은 앞면에 배치했다. 책 읽고 서평을 하는 사람이 말했다. "지금까지 읽고 싶은 책 선정을 그렇게 했는데, 이제 책 선정하는 방법을 바꿔야겠다."며 웃었다. 한 편의 글에 독자들에게 전하고 싶은 메시지가 무엇인지 써보는 것이다. 자신의 생각을 한 줄 두 줄 써 내려가면서 책을 만들 원고를 만든다. 자신이 쓰고 싶은 주제에 대해 몇 꼭지만 써보라. 어느 순간 다음 꼭지 주제를 찾으며 글을 쓰고 있는 자신을 발견하게 될 것이다.

책 쓰기는 '시작하는 것'이 어렵다. 제목을 정한 다음 그 제목에 맞춰 구성하게 될 내용의 목차를 선정하고 책을 쓰게 된 동기와 의미,

그리고 책의 핵심 메시지가 담긴 머리글을 쓰면 책 쓰기의 1차 목표는 성공이다. 서너 편 본문을 쓰며 차기의 목표도 성공시키면 글쓰기의 성취감에 취하게 된다.

책 쓰기의 어려움은 걷기에 비유할 수 있다. 운동하기 위해 빨리 걸으면서 땀을 흘리기 시작하다가, 속도를 높일수록 숨이 턱 밑까지 차오르며 호흡이 가빠진다. 이때 불어오는 찬바람이 온몸의 열기를 식혀주면 아주 상쾌하다.

나는 걷기 운동하면서 글을 쓴다. 정적인 자세보다 움직이면서 공부를 하면 뇌의 인식 효과가 크다고 한다. 헬스를 등록하고 러닝머신에서 걷기를 했는데, 헬스장이 폐쇄된 공간처럼 답답했다. 3개월 헬스비를 선불로 내고 헬스장을 일주일 만에 포기했다. 둘레길 걸으면서 자연 속에서 나만의 보폭으로 운동하는 것이 헬스장에서 운동하는 것보다 훨씬 상쾌하고 자신감을 갖게 했다. 책 쓰기도 마찬가지다. 자신만의 룰을 정해서 쓰는 것이 객관적으로 평균을 따라 하는 것보다 효과가 크다.

두 번째, 세 번째 책을 쓰는 것은 그렇게 대단한 일이 아니라는 생각이다. 첫 번째 책을 쓰고 출판까지 해보면 두 번째 책을 도전할 수 있는 자신감이 생긴다. 대학원 졸업할 때 논문을 쓸까 말까 고민하는 사람이 있다. 논문은 내 힘으로 써야 온전히 내 지식이 된다.

글을 쓰게 되면 '호기심 천국'이 된다. 의미 있고 깊이 있는 삶을 살려면 글쓰기 하면 좋다. 책을 쓰고 있다고 지인들께 광고를 열심히 한다. 지인들이 책값을 미리 지불하며 내 책에 관심을 가져주고 책이 나올 때까지 함께 기다린다. 책을 썼으면 많은 사람들이 읽을 수 있도록 '광고는 필수'라고 본다. 내 책에 관심을 가져주고 구매해 준 사람들에게 느끼는 친밀감이 다르기에 또 다른 인연의 깊이를 느낀다.

'수필은 내 삶이다. 천천히 아물지 않은 상처는 없기에, 책을 쓰면서 아픔을 인내한 보상을 얻는다.'

나를 '쫄게'한 음악 시간

    대학 때 은사였던 아동문학 교수님을 「수필을 만나는 시간」에 유튜브로 볼 수 있었다. 책 한 권을 필사하라고 과제물을 내주고, 수필 쓸 단어 '키포인트' 주며 즉석에서 글쓰기를 시켰던 교수님을 유튜브로 만나니 반가웠다.

    문학 장르를 설명하며 "'수필'은 '곶감', '시'는 '복숭아', '소설'은 '밤'으로 비유했다. 고욤나무에서 나오는 열매로는 곶감을 못 만든다. '잡글'과 '수필'을 '고욤 열매'와 '곶감'으로 격이 다르다고 비유했다. '시'는 복숭아고, 못 먹는 복숭아가 열려도 개복숭아가 아니고 그냥 복숭아다. 소설은 '밤'이고, 밤나무에 못 먹는 밤이 열려도 그냥 '밤나무'라고 한다." 문학 장르를 과일나무에 비유해서 설명했다.

감나무에 접붙이기 전에 대추알만 한 고욤이 열리기 때문에 감나무라 안 하고 고욤나무라 부른다. 나는 중학교 때 '고욤나무'에 올라 갔다가 퇴학을 당할 뻔했다.

○○읍내에 있는 여자 중·고등학교에 다닐 때였다. 언덕 위 높은 곳에 위치한 고등학교에 음악실이 있었다. 음악 시간이 되면 우리는 고등학교 건물이 있는 음악실로 올라가서 수업을 했다.

고등학교 교정은 늘 공사 중인 듯 황토 범벅이었다. 오른쪽 큰 건물에 고등학교 교실과 교무실이 있었다. 학교 정면을 향해 한참 걸어 올라가면 오래된 기와를 얹은 '디귿 자' 일본식 건물에 음악실과 미술실 등 예능 과목 교실이 있었다. 고등학교 교정은 꽤 높아서 읍내가 한눈에 다 보이는 경치 좋은 곳에 위치해 있었다. 음악실 앞 교정은 잘 가꾼 꽃밭과 제법 큰 나무들이 우람하게 작은 숲을 이루고 있었다.

무르익은 가을이 정원으로 내려와 꽃 '시'를 뿌려놓은 듯 익어가는 가을을 바라보는 눈에도 풍요가 일렁인다. 아름다움을 뽐내다 지친 다알리아가 고개를 숙이고, 코스모스도 꽃잎을 흔들어 파란 하늘을 향해 계절을 휘젓고 있다. 영원히 단풍을 붙들 것 같은 가을이 찬바람에 손을 흔들고 있다.

고욤나무는 고등학교 음악실 앞 왼쪽에 있었다. 길고 가느다란 나무에 대추만 한 고욤 열매가 빨갛게 주렁주렁 열려서 우리의 눈과 침샘을 자극했다.

우리는 자연스레 교실 유리창에 붙어 빨간 고욤 열매를 쳐다보며 침을 흘리고 있었다. 탐스럽게 열린 빨갛고 앙증맞은 고욤 열매는 사춘기인 우리를 밖으로 나오라고 유혹했다.

수업 시간이 한참 지나도록 음악 선생님은 오지 않았다. 우리는 우르르 밖으로 나가 빨갛고 탐스럽게 열린 고욤 열매를 쳐다보며 침을 꼴깍 삼켰다.

학우들은 달리기를 잘하고 운동선수였던 나에게 고욤나무에 올라가서 열매를 따 달라고 부추겼다.

체육부장과 나는 씩씩하게 중학교 교실로 뛰어가서 체육복 바지로 갈아입고 올라왔다. 친구들은 체육복으로 갈아입은 우리를 보고 환호했다.

"빨리 나무에 올라가서 고욤 열매 따줘!"
"수민아, 난 무서워서 나무에 못 올라가!"
"알았어. 내가 올라갈게."

체육부장을 이기고 싶었던 나는, 의기양양하게 고욤나무에 올라가서 대추 크기의 빨간 고욤 열매를 따기 시작했다. 고욤나무는 감나무와 다르게 나뭇가지 힘이 없고 부러질 것 같았다. 나뭇가지를 옮겨가며 한참 고욤을 따고 있을 때였다. 교문을 지나가던 남학생 대여섯명이 우리를 향해 손가락질을 해대며 약을 올렸다. 친구들은 내가 따준 고욤 열매를 남학생들에게 던졌다. 남학생들은 요리조리 피하며 혓바닥까지 날름거리다가 종주먹질을 해대며 약을 더 올렸다.

"수민아, 고욤 잔뜩 따서 저것들에게 한 방 멕여라!"
친구들은 남학생들을 크게 혼내주라고 아우성이었다. 나는 양말을 벗어 고욤을 잔뜩 넣고, 남학생들을 조준해서 슝~ 던졌다.

그때, 남학생들은 뛰어버리고, 중학교 교정 가파른 계단에서 막 올라선 음악 선생님의 이마에 퍽~.

이마를 움켜쥔 음악 선생님은 아무 말 없이 나를 향해 손가락으로 내려오라는 지시를 했다. 나는 원숭이처럼 쪼르륵 나무에서 내려왔다. 고욤나무 아래로 천천히 걸어오신 선생님은 다짜고짜 내 양쪽 뺨을 따다 딱! 후려치기 시작했다.

"야! 이놈아! 내가 소리를 왜 안 지른 줄 알아? 네가 놀라서 나무에서 떨어져 병신 될까 봐 참고 왔다. 나무에서 떨어져서 병신 되면 시집은 어떻게 갈래? 계집애가 겁도 없이 그 높은 나무에 왜 올라가? 체육복까지 갈아입고, 누가 올라가라고 부추겼는지, 고욤나무 아래에서 고욤 받은 놈 이름 다 써내고 음악 시간에 넌 반성문 써서 제출해."

아이들은 자기 이름만 제발 빼달라고 쪽지를 건네 왔다.

'치사한 것들!'

"나는 깡촌에 살아서 나무에 올라가는 게 놀이여서 나무를 잘 탄다. 나무에 올라가라고 누가 부추긴 게 아니라, 음악 선생님을 기다리다 지쳐서 혼자 교실에 가서 체육복으로 갈아입고 고욤나무에 올라갔다. 친구들은 가담하지 않았고 죄가 없다."고 썼다. 반성문을 받은 음악 선생님은 아무 말씀 안 하셨다.

그 뒤로 키가 작고 곱슬머리에 눈이 커다란 음악 선생님만 보이면 슬슬 피해 다녔다.

지금도 그 생각만 하면 양쪽 뺨이 얼얼한 느낌이 들어 슬며시 볼을 만져본다.

먹지도 못하고 곶감도 만들 수 없는 고욤나무 열매에 홀려서 쓸모 없는 인간이 되지 않기 위해 교수님의 말씀을 되새겨 본다.

'고욤 열매'가 될 '잡글'이 아닌 '장두감'처럼 튼실한 수필을 쓰려고 노력하고 있다.

수필 쓰기 지평을 넓혀라

1

인생의 전환점을 만나면
유턴을 강하게 하라

『탁월한 선택』, 『공부야, 놀자!』를 출간했다. 자식 같은 책을 세상에 내놓으니 마음이 뿌듯하다. 남들은 아이 낳는 것도 목숨 건다는데, 아들 하나를 뭣 모르고 낳아서인지 출산의 고통보다 기쁨이 더 컸다. 마음껏 글을 쓰려고 내 인생 전환점 유턴하는 자리에 대기하고 있는 기분이다.

책은 본문만 쓰는 게 아니다. 들어가는 말, 마무리 글, 출간 후 소감을 써야 한다. 독자들은 책의 표제, 들어가는 말, 목차를 읽고 책 구매를 결정하는 경우가 많다. 본문을 다 쓰고 이 부분을 쓰려면 머리가 복잡하다. 본문 집필 전에 먼저 들어가는 말을 써놓는다. 그리고 1장, 2장 본문을 배치한다. 집필할 때 '들어가는 말', '마무리 글'을 함께 써나가면서 중요한 부분은 꼼꼼하게 글을 배치하거나 수정해 가면서 쓰면, 본문과 함께 마무리할 수 있고 부담이 없다.

인생도 도입부가 있고 본문이 있고 전환점이 있다. 나의 전환점은 유턴하기 힘든 장애물이 버티고 있다. 한집에서 40여 년을 살고 있고 직업도 40년이 넘었을 만큼 삶에 고집이 있어 무엇을 바꾼다는 게 힘들다.

본문 집필도 '네이버 블로그'를 마당 삼아 글밭을 키웠다. 네이버 블로그에서 맞춤법 검사기 도움을 받았다. 덕분에 두 번째 책은 퇴고가 편했다. 단어가 애매할 때는 네이버에 질문해서 단어를 쓰고 한 문장에 같은 단어가 들어가지 않도록 유의어를 찾아 썼다.

수필은 사생활을 쓰기 때문에 작가들이 자기의 치부를 드러낸 부분을 넣을지 말지 갈팡질팡한다. 출판사로 원고를 넘기고 퇴고 때 고칠 게 많으면 출판비용이 달라진다. 본문에서 치부를 드러내기 불편한 부분은 과감히 삭제하거나 내용을 순화시켜 마음 편하게 출간하는 게 좋다.

네이버 블로그 팀에서 글쓰기 마중물 질문을 해준다. 거기에 답을 쓰다 보면 한 편의 글이 완성되기도 한다. 카톡이나 문자를 받았을 때 질문보다 더 기발한 답변을 정성껏 달다 보면 한 편의 시, 수필의 씨앗이 되기도 한다. 수필 쓸 시간이 따로 있는 것이 아니라, 숨 쉬듯 글을 쓰는 습관을 들이라는 것이다.

블로그를 비공개하는 사람이 있는데, 공개를 해야 글쓰기 실력이 는다. 씨를 뿌리고 햇볕을 차단하면 글이 자라겠는가? 사람은 외출

할 때 옷 갖춰 입고 나가듯, 글도 공개를 해놓아야 독자를 의식해서 자주 고치게 된다. 튼튼하게 자라도록 글솜씨를 늘리기 위해 네이버 블로그를 많이 이용하라고 수강생들을 안내한다. 공개한 내 글 읽고 흉볼까 봐 고민은 안 해도 된다. 사람들은 남의 일에 관심이 별로 없지만, 글을 자주 올려야 블로그 방문객도 는다.

책을 만들 때는 블로그에 올려놓은 글은 삭제한다. 또 등단할 목적으로 쓰는 글은 온라인에 올리면 '공개작품'이 되기 때문에 처음부터 올리지 않는 것이 좋다.

사이버 세상도 오프라인 세상과 같다. 블로그에 부지런히 글 올리고 세상일에 관심을 가지고 남의 글도 읽고 하트도 눌러줘야 이웃도 친구도 생긴다. 남의 도움을 당연한 듯 받고, 내가 필요할 때만 도움을 청하면 얌체 같은 사람을 누가 좋아하겠는가. 무슨 일이 풀리지 않으면 내가 어떻게 살아왔는가, 점검을 해보면 안다. 사람은 알게 모르게 누군가의 도움을 받는다. 그렇게 어우러져 사는 게 세상이다. 나도 내 경험이 필요한 사람에게 글 써서 돕고 싶어서 지식 나눔을 한다. 글은 작가의 애정 어린 손길을 받아야만 튼실하게 자란다.

초고는 나오는 대로 쓰고, 써놓은 글은 음미해 가면서 문학적인 글로 형상화한다.

형상화는 형태가 밋밋한 것을 작가를 통해 매력적인 캐릭터로 재탄생 시켜 부각하게 한다.

수강생이 '어릴 때 시골 친척 집에 갈 때마다 머저리 같은 아이 짱구에게 시달림을 받는다.'는 내용의 글을 써 왔다. 머저리 같은 짱구에게 친척 집에 갈 때마다 시달림을 당하게 된 이유가 있을 것이다. 알게 모르게 장손이라는 이유로 동네 어르신들의 귀여움을 한 몸에 받는 수강생이 짱구는 부러웠을 것이다. 그 부분을 잘 상상해서 쓰라고 했다. 분량이 너무 많아 꼭 필요하지 않은 부분은 칼로 자르듯 지워보라고 했다. 할아버지 장례식과 장손을 주제로 한 편을 또 써보라고 했다. 시대에 따라 장손의 위엄이 강했던 시대와 외아들만 있는 현시대의 장손에 대한 본인의 생각을 써나간다면 좋은 소재의 글이 될 것이다.

내가 살아온 과정을 형상화한다면 끈기일 것이다. 매일 공부를 30여 년 꾸준히 하면 나이 들수록 세상에 소금 같은 역할을 하는 형상으로 빛날 것이다.

글은 날마다 몇 줄이라도 써놓고 농작물 가꾸듯 정성을 쏟아야 노력한 만큼 결실을 볼 수 있다. 그냥 쓰기만 하면 차례도 뒤죽박죽이 된다. 목차만 쭉 써놓고 차츰 다듬어 간다. 집안에 물건도 사용 후 제자리에 가져다 놓는 버릇을 키우면 청소할 것이 줄어들듯, 글쓰기도 자주 고쳐가면서 쓰고 목차만 따로 만들어 수시로 들여다보며 목차에 맞는 글끼리 한 단락으로 묶어놓고 주제의 내용을 대강 써놓으면 퇴고가 편하다.

문학적으로 써놓은 글을 읽으면 이해가 잘되고 작가의 고민한 흔적이 보인다. 문학적인 글은 잘 소화되게 묘사하면 가독성이 좋고 읽는 맛이 다르다.

출판사에 원고를 넘기고 나면 내 글인데도 물려서 더 읽기가 싫다. 그래서 퇴고 기간을 정해놓고 하는 게 아니라 원고를 써놓고 다른 꼭지를 쓰면서 먼저 써놓은 글을 수시로 읽어보고 고친다. 퇴고할 때 한 달쯤 묵혔다 하면 퇴고할 부분이 또 보인다. 책이 출간되어 나와도 백프로 만족은 없기에 퇴고는 끝내는 게 아니라 멈추는 것이다.

'기한을 정해두고 책을 쓰면 완성이 빨라진다.'는 것을 체험했기에 사람의 능력은 무한하다는 것을 깨달았다.

책 출간이 연말과 맞물리면 다음 해 달력이나 기타 인쇄물 작업이 출판사에 몰리기 때문에 시간이 더 걸린다. 올해 출간하려면 늦어도 8월에는 원고가 완성되어야 한다.

사람은 살던 곳을 떠나기 싫어하고 하던 일을 계속하려는 습성이 강하다. 책을 쓰고 강의를 하는 지금 '인생의 전환점'으로 생각하고 유턴을 강하게 해야 할 것 같다.

'하나의 문이 닫히면 또 다른 문이 열린다.'는 사실을 믿으며.

2

다이아몬드 소금

"히말라야 핑크 소금 사놓으세요. 불순물도 없고 굵은 소금 가는 소금 다 있어요."

"핑크 소금은 단단해서 굵은 소금은 잘 안 녹아요. 가는 소금으로 배추 간을 해도 되니 가는 소금으로 구입하면 더 좋아요."

"핑크 소금으로 간하면 배추가 빨갛게 물들지 않나요?"

"하늘이 파랗게 물에 비친다고 그릇이 파랗게 물든 거 봤나요? 걱정 말고 사세요."

"원산지가 파키스탄이네요."

"히말라야는 세계의 지붕이라 총연장 2500km 정도로 파키스탄, 인도 북부, 네팔, 시킴 부탄, 티베트로 산맥이 연결되어 있어요. 원산지 파키스탄에서 만든 것이니 걱정 말고 드세요."

비타민 C 원료는 옥수수다. 중국에서 옥수수 재배를 많이 한다. 중국에서 생산되는 옥수수는 영국에서 생산되는 것 빼고 세계의 비타민 C 만드는 데 대부분이 사용될 정도로 생산량이 많다고 한다. 중국산도 영국산도 옥수수에서 비타민 C 원료를 추출한다. 성분과 분자구조가 같아서 중국산이나 영국산이나 효과는 비슷하다고 한다. 다만 비타민 C 추출할 때 위생시설에서 차이는 있다고 한다. 하지만 중국산도 제조과정을 철저히 검수하니까 문제는 없을 것이다.

목포 신안으로 여행을 하면서 염전을 보니 '천일염 사재기 대란'이 생각났다. 소금값이 20kg 사만 원으로 두 배로 올랐다고 한다. 인터넷 들어가니 하루 사이에 칠만 원으로 뛰었다. 할머니들이 죽을 때까지 먹을 소금 사서 쟁여놓겠다고 동네 마트도 소금 품절로 난리가 났다. 소금값이 고공 행진을 하더니 다이아몬드값이 되었다.

일본에서 '후쿠시마 방사능 원전수 유출'로 소금에 날개가 붙어 값이 무섭게 뛰기 시작했다.

'아하, 할머니들은 인터넷 주문을 잘 안 하니까 히말라야 핑크 소금은 모르겠구나!'

뉴스에서는 일본에서 대규모 방사능 유출해도 소금 만드는 과정에서 방사능 오염수가 휘발되니 이상 없을 것이라고 한다. 중국 지도층의 말이 "바다에 방사능을 대규모로 유출해도 해가 없으면 일본에서 농업용수나 공업용수로 쓰던가 해야지 왜 바다에 유출하냐?"는 말에 공감이 간다.

핑크 소금이 짜지 않고 몸에도 좋다고 해서 평소에도 핑크 소금을 주문해서 먹었다. 인터넷 들어가니 핑크 소금은 안 올랐다. 언니네와 우리 집에 4포씩 주문해 놓고 동생, 조카, 지인들 카톡에 핑크 소금 품절되기 전에 빨리 구매하라고 소문을 냈다.

핑크 소금을 싸게 사면 절약도 되지만 방사능 걱정 없는 청정한 소금을 먹을 수 있으니 가족 건강도 지킬 수 있다. 몇 년 전에도 '라오스' 여행하면서 지하에서 끌어올리는 소금을 몇 kg 사 왔는데, 천일염보다 맛있게 먹었던 기억이 났다.

소금은 오래 둘수록 간수가 빠져서 좋다. 지하실이 있어서 소금 둘 공간도 넉넉하다. 더 주문해 볼까 하고 인터넷에 들어갔다. 어? 하루 새 만 원이 올랐다.

'에이, 치사하게 올리고 있냐? 안 사.'

그런데 주문한 소금이 두 포대만 오고 오리무중이다. 언니도 두 포대가 안 왔다고 한다. 구매한 상점을 급하게 클릭하니 '배송 완료'라고 쓰여 있다. 아직 두 포대씩 안 왔다고 '배송 사고'로 판매 사이트에 글을 써놓고도 안심이 안 돼서 전화를 했다.

"소금이 두 포대씩만 오고 아직 안 왔는데요. 왜 배송 완료라고 뜨나요?"

"함께 주문한 거라 송장 발부를 같은 날로 해서 그래요. 월요일 날 보내면 금방 도착할 거니까 염려 마세요."

"제가 지인들께 비싼 천일염 사지 말고 핑크 소금 사놓으라고 광고했어요. 그런데 소금값이 하루 새에 만 원이나 올라서 주문 안 했어요."

"지인들에게 광고 그만 하세요. 오른 값으로 주문해도 구매 안 돼요."

"해외에서 들어오니까 그렇지요?"

"네. 주문 발주해 놓았으니까 7월 중순 지나서 주문하세요. 그때 가격도 내려놓을게요."

지인들이 한 개만 주문할 수 있어서 한 개만 받았다고 한다. 택배비 때문에 그러니 한 개 주문하고 바로 또 주문하라고 했는데, 내 말을 건성으로 들었나 보다. 베트남산 소금은 값이 안 올라서 먹어보려고 '다이아몬드값'으로 치솟기 전에 20kg 한 포대만 주문했다. 히말라야 소금과 비슷하게 핑크색 소금이고 맛이 좋다. 중국산 소금으로 김장배추 절였다가 무르고 쓴맛이 나서 낭패를 본 경험이 있다. 중국산도 3년 간수 빼면 괜찮다고 하던데, 믿지 못하겠다.

뭐니 뭐니 해도 주부는 세상의 흐름을 읽고 살림을 깐깐하게 해야 한다. 마트에도 날마다 세일 품목이 카톡에 올라오면 참고해서 구매하러 간다. 세일할 때는 문 열면 바로 가야 신선하고, 좋은 물건을 살 수 있다. 우리 동네 마트에서 꽃소금을 세일하고 있는데, 꽃소금은 천일염이 아니다.

시대의 흐름을 읽고 수필로 써주는 것도 독자에게 메시지를 주는 것이다.

어느 집이나 사는 것은 고만고만하다 작은 절약이 시간이 지나면 큰 차이를 만든다. 돈만 절약되는 게 아니라 절약하다 보면 쓸데없는 모임도 안 하고 시간을 아껴 쓰게 되니 살림살이가 바르다.

늘 배움에 열려 있는 자세가 하루를 알차게 만든다.
'부자가 되는 비결은 많이 버는 것보다 소비를 줄이는 것'이라는 말이 있다. 투명한 소금이 반짝반짝 다이아몬드 값으로 치솟아 귀한 대접받던 태고의 전설을 입증하려나 보다.

글쓰기 공부를 하다 보니 '되'로 배우고 '말'로 써먹으며 정보가 빠르고 임기응변에 능하다.

3
명문장 가져오기

    남의 글을 몽땅 가져오는 것을 '카피'라고 한다. 독특한 표현이나 마음에 확 와닿는 구절을 따서 수필을 쓰기도 한다. '이 세상에 새로운 것은 없다.' 무슨 물건이든 처음 만든 것보다 사용하기 편하게 만들다 발전을 거듭해 왔듯, 다른 사람의 글을 읽으며 내 생각을 주입해서 자주 만지다 보면 명문장을 만들 수도 있다.

    글 쓰다 보면 다른 사람의 표현이나 구절을 인용할 수 있다. 노력은 재능을 이길 수 있기에 말로 하던 것과 책에서 읽었던 것을 내 생각과 잘 버무리면 내 글이 되는 것이다. 챗GPT도 모르는 분야 질문에 저장된 지식을 버무리며 답을 해준다고 한다.

    명문장을 인용, 내 생각과 잘 버무려 대치 문장을 하면 나만의 멋진 문장이 탄생되는 것이다. 그래서 수필 쓰기를 배우는 사람은 책을 읽고 대필할 때 원작을 잘 분석하여 자기의 스타일로 글을 쓴다. 예를 들면, 내가 쓴 글이 원문과 비슷하거나 전혀 다르게 표현해도 된다. 대치 문장이란 카피가 아니라 글감이 떠오르게 하는 마중물 역할이라고 생각하면 된다.

일기나 쪽지, 잡글을 쓰다가 '수필'을 쓰려면 글감 때문에 많은 사람들이 고민한다. 작가에게 좋은 글감은 글의 완성도를 위해 꼭 필요하다. 책을 읽다가 좋은 구절을 만나면 나도 모르게 빨간 줄긋고 필사를 하게 된다. 이런 글들을 모아놓아야 창고가 가득해서 글쓰기가 편하다.

동화를 배우는데 대치 문장과 서평을 과제물로 꾸준히 올리라고 한다. 강사도 가르쳐 보고 학습효과가 빠른 것을 수강생에게 계속하라고 하는 것이다. 글 잘 쓰는 지름길은 명문장을 '카피'를 하면서 대치 문장을 해보는 것이다. 그대로 베껴 쓰는 게 아니라 거기에 내 생각을 잘 섞어야 좋은 글이 탄생한다. 카피한 문장을 소개한다.

"어떤 이들은 평생 배우고 쓴다지만 특정한 서사를 주어진 틀 안에서 되풀이하고, 어떤 이들은 뒤늦게 배우고 쓰면서 자기 인생의 저자가 된다. 자기가 누구인지 '기죽지 않고' 말할 수 있는 사람이 되는 것이다."

은유의 『쓰기의 말들』 일부

"책 읽고 글쓰기는 누구나 평생 할 수 있다. 잡글을 쓰는 사람은 규칙이 없어도 된다. 수필이 무형식의 형식이라는 말이 더 어렵게 느껴지는 건 잡글과 수필의 경계를 잘 헤아려서 글을 써야 하는 어려움이다. 나도 처음 수필 쓸 때는 기승전결의 꼴이 갖춰진 글을 쓰면 되는 줄 알았다. 수필을 쓰다 보니 글다운 글의 형태와 꼴을 갖추는 다양한 형식이 있고 소설보다 적은 적당한 묘사를 살집으로 붙여야 하는 경우도 있었다. 또 '시'에서 쓰는 은유법, 심상법 등, 소설에서 쓰는 허구에 묘사를 더하는 양념 기법을 적절히 써야 독자의 마음을 사로잡을 수 있다." 『쓰기의 말들』 원문 대치 문장이다.

나만 홀로 쓸 수 있도록 법적으로 정해진 표현도 없다. '대치 문장'은 아무나 가져다 글쓰기를 할 수 있어서 좋을 수도 있고 나만의 색다른 표현을 써야 하니 어려울 수도 있다.

사람마다 지문이 다르듯 얼굴처럼 각자의 문체가 있는 것이다. 구성이나 문체에서 유명한 작가나 좋아하는 작가의 글을 따라 쓰다 보면 '다른 작가의 글을 카피했다.'는 오해를 받을 정도로 비슷해지기도 한다.

사람마다 말투가 다르듯 글쓰기도 작가마다 어휘력이 다르다. 명사 앞에 형용사, 부사 붙이기를 좋아하는 사람은 글에다 화장하듯 꾸밈말을 특별하게 붙여서 글 쓰는 것을 되풀이한다. 자기의 생각보다 명문장 쓰기를 즐기는 사람은 아파트 내부시설의 편리함보다 명문 건설회사의 명칭을 선호해서 외형적인 것만 추구하는 사람이 있다. 자기가 글 쓰는 방법에 문제가 없는지 고칠 부분은 없는지 잘 생각해서 쓴다.

수필은 사실을 쓴 문학이기 때문에 솔직한 작가의 개성이 짙게 배어 있으면 생명력이 느껴져 독자가 좋아한다. '소재가 좋은 글은 화려한 명문장보다 낫다.' 사실적이고 진실된 글이 독자에게 감동을 주는 것이다.

글을 쓰는 사람들은 메모하는 습관이 몸에 배어야 한다. 책을 읽거나 TV를 볼 때, 포털 사이트 광고에서 눈에 확 들어오는 표현이나 말이 있으면 즉시 메모해 두면 글 쓸 때 요긴하게 사용할 수 있다. 글쓰는 사람에게 메모 습관은 입에 침이 마르도록 해도 부족하다.

남의 글을 가져올 때는 유의 사항이 있다. 아무리 좋은 글도 내가 쓰고자 하는 글과 어울리지 않으면 "개 발에 편자"다. 좋은 말도 내 생각과 잘 버무려서 개성적인 문장으로 써야 한다. 문장을 통째로 가져오려면 큰따옴표는 기본이고 누구의 글을 인용하는 것인지 표기해 줘야 한다.

좋은 글이라고 인용표기도 안 하면 통째로 베끼는 것이다. 표절로 간주되어 저작권에 문제가 있을 수 있으니 각별히 주의한다. 저작권은 책, 논문, 신문 등 어느 글이나 해당된다.

유명한 연예인이나 세계적으로 유명한 수상, 대통령의 일화를 예로 들어서 글을 쓰기도 하는데, 생존자가 아닌 사람을 예로 드는 게 좋다. 생존자가 안 좋은 일에 휘말릴 경우, 내 책에 영향을 줄 수도 있기 때문이다.

모든 경험은 나의 일부다. 명문장을 대치 문장 하는 것은 글쓰기에서 필수다. 나뭇가지가 자신을 흔들던 바람의 힘으로 뿌리를 박듯, 내가 겪은 체험한 시간이 밑거름이 되어 새롭게 태어나는 나를 만드는 시간이다. 뇌는 의미 있는 것을 기억한다고 한다. 원문장이 마중물 역할을 하면 수필 한 편의 분량을 쉽게 쓸 수 있다. 수필 한 편 쓰기 위해 다양하게 연구하고 '행복을 부르는 언어'를 찾기 위해 노력하는 작가는 세상 사는 법을 복리로 받을 것이다.

'무거리'에
이름표를 달아주는 작가

『관촌수필』을 읽고 모르는 단어를 찾아본다. 글을 잘 쓰고 못 쓰고는 다양한 어휘력 활용에 있다. 이문구 작가의 책을 읽다 보면 충청도 사투리에 다양한 어휘력을 표현하여 글이 술술 안 넘어간다.

이문구 작가는 대학 스승이다. 작가의 글을 좋아한 이유는 '무거리' 같은 것들을 어엿하게 제 역할을 하는 따뜻한 시선으로 당당하게 이름을 붙여줘서이다.

『관촌수필』에서 옹점이와 대복이를 따뜻한 시선으로 그려냈다. 「행운유수(行雲流水)」에서 식모 '옹점'이가 주인공이고, 「녹수청산(綠水靑山)」은 이웃에 머슴처럼 사는 '대복'이가 주인공이다. 작가의 사랑방에 오가는 나그네가 드나들었다.

"나무장수 창호, 대장간 풀무쟁이 장지랄, 뱃사공 하다가 장 터에서 새우젓 도가를 하는 마 씨, 염간으로 늙은 상례 아버지, 목수 정당 나귀, 땜장이 황가, 매갈잇간 말몰이 최, 말감고 전가. (중략) 그네 들은 하루도 거르지 않던 단골 마을꾼이었다. 단골이 아닌 사람도 흔 히 숙식을 하고 나갔다. 단지 집이 크다는 이유만으로 저물어 찾아와 하룻밤이면 도부 나섰던 소금장수며 엿 목판을 진 엿장수, 사주 관상 쟁이. (중략) 온갖 둥우리 없는 인간들로 앉고 설자리가 없었을 것이다."

『관촌수필』, p.46

시대의 흐름에 묻힌, 지금은 사라진 직업과 이름 없는 사람이 등 장한다.

우리 집도 부농이었고 작가의 집과 상황이 비슷했다. 타지에서 마 을에 들어온 나그네들이 사랑방에서 밥을 먹고 숙식을 해결하고 떠나 갔다. 괴나리봇짐 아저씨, 꿩 잡으러 총을 메고 온 포수, '동동 구루무' 파는 아저씨 등등……. 우리 집 가마솥에는 나그네 몫의 밥 한 그릇은 항상 들어 있었다. 우리들이 학교를 파하고 와서 배가 고파 그 밥을 먹으려고 하면 엄마는 나그네 몫이라며 꼭 남겨두라고 했다. 나는 배 고픔을 잘 참는데, 내 동생은 밥 뜸 들이는 시간도 못 참고 배고프다 고 땅바닥을 뒹굴며 떼를 써서 그 밥을 먹었다.

우리 동네는 이웃 동네와 한 시간은 걸어야 도착할 수 있는 거리 다. 버스도 다니지 않은 우리 동네를 찾아와 준 나그네를 반기며 숙 식을 제공해 주는 것을 당연하게 생각했다.

『내 몸은 너무 오래 서 있거나 걸어왔다』에서 이름이 알려지지 않은 무거리 같은 불쏘시개나 할 나무들을 주인공으로 살려놓은 이문구 작가다. 장평리 찔레나무, 장서리 화살나무, 장천리 소태나무, 장동리 싸리나무……. 작가의 책에 등장하는 주인공들은 보통 사람들이 친하고 싶지 않은 무시당하는 천민이고, 잡풀 같은 나무들이다.

글쓰기 강의를 하면서 이문구 작가의 풍부한 어휘력이 자꾸 되새겨진다. 사전에도 없는 사투리를 써놓은 작가님은 수업 시간에 말했다. 사투리 하나를 찾기 위해 오일장을 다니며 물건을 살 듯 말 듯 노점상들에게 깐죽대며 말을 걸어서 사투리를 발췌했다고 한다. 오일장에 가서 물건을 사 오는 것이 아니라 사투리를 몇 단어라도 건지면 그날은 횡재한 기분이었다고 한다. 작가는 사전을 뒤져가며 사투리가 맞는지 확인해 가며 글을 썼다고 한다.

예나 지금이나 예술은 배고픈 직업이다. 고독한 외길을 가면서 세상에 한마디 메시지를 주기 위해 시류에 휩쓸리지 않고 꾸준히 작품을 쓴 작가들이 존경스럽다.

내가 책을 쓴다는 말에 "글 쓰다 보면 나중에라도 돈벌이는 되는 거냐?" 묻는 말에 예술을 이해 못 하는 사람들에게는 한참을 고민하다 답을 했다.

"취미생활 안 하세요?"

"트로트 가수 열성 팬이 되어 지방에 버스 대절해서 쫓아다녀요. 노래도 배우고 너무 좋아요."

"그것도 좋은 취미네요. 나이 들어서 할 일 없이 방 안에 있다가 우울증 걸리는 것보다, 노래도 배우고 바람도 쐬고 가수 응원도 하고 좋네요. 돈이 넘쳐나도 돈만 벌려고 하는 사람도 있어요. 다 살아가는 방법이 다르니 나에게 피해만 안 주면 각자의 취미를 인정해 줘야지요. 저도 글 쓰는 게 취미예요."

뇌 과학을 연구하는 박문호 박사는 "사람은 감정을 풍부하게 해야 인간들이 사는 세상을 아름답게 할 수 있다."고 말했다. 기억이 없으면 감정이 안 생기고 감정이 안 생기면 활동을 잘 안 한다. 물건을 사는 것도 감정이 동해야 산다. 홈쇼핑을 보다가 물건에 혹해서 사재기를 했다면 '감정'이 한 것이다. 물건 산 것을 후회하는 것은 '이성의 역할'이다. '이성'은 '감정'이 저지른 일 처리를 하는 충실한 머슴인 것이다. 언어는 인지 작용을 정교하게 하니, 과거를 회상하며 글쓰기로 다양한 표현 방법을 활용하면 인지력 향상에 좋다. 귀찮다고 생각될 때 몸을 한 번 더 일으키고 글 한 줄이라고 읽으려는 노력, 한 글자라도 써보려고 움직이는 것이 살아 있다는 증거라고 본다.

글쓰기 언어는 인지 작용을 정교하게 해준다. 지혜는 인간에게 적용되는데, 인간들 사이에 의견을 잘 조율하고 살아가는 것을 지혜롭다고 한다. 지혜는 자연과학에 적용하지 않는데, '지식'은 자연과학 인문학 모두 적용한다는 것이다. '애매함과 불안은 같은데. 어떤 사건을 글쓰기를 하면 애매함이 명료해지고 가치가 있다.'

우리가 관심 주지 않고 지나치면 의식 속에 들어오지 않았을 '머저리'들에게 세상에 빛을 보게 한 이문구 작가처럼 소외된 것을 눈여겨보며 찌꺼기 취급받던 머저리에 이름표를 달아주는 작가의 따뜻한 인간미를 존경하며 나도 그런 글을 쓰는 작가가 되고 싶다.

5

글 쓸 때 능청을 떨어라

"글을 사실대로 쓰겠는데, 재미있게 못 쓰겠어요."

"글 쓸 때 능청을 떨어보세요."

아동문학 수업 시간에 강사님이 동화 쓰기를 어려워하는 수강생에게 했던 말이다.

"독자를 위한 글쓰기는 능청스럽게 써야 목구멍에 기름 바른 것처럼 이야기가 술술 풀린다. 중요한 등장인물은 다섯 줄 안에 등장해야 한다. 무슨 이야기를 쓸 건지 복선을 깔고 간다. 주인공이 중성적인 이름은 피한다. 문장의 세련됨은 부사가 결정한다."

창작자는 사라져 가는 단어를 발췌해서 써준다……. 동화에 들어간 그림도 글의 일부분으로 해석한다. 동화 단편은 수필 한 편 정도 분량이다. 동화는 대화체를 많이 쓰면 활력이 있다.

글 쓰는 재주는 타고나는 것이 아니라, 매일 반복하면 어느 정도는 잘 쓸 수 있어요. 혈기 왕성하고 힘 있을 때는 회사 다니거나 돈 버는 일 하느라고 시간 다 보내고 정년 후에 글쓰기를 시작해서 연습도 없이 명문장 쓰려는 것은 욕심이다.

시간 투자도 안 하고 연습도 안 한 사람이 명작을 써서 대박 날 거란 생각은 상식이 아니다. 정년 후에는 취미생활로 인지능력 향상을 위해 즐긴다는 생각으로 글을 꾸준히 쓴다.

별난 소재로 글을 쓰는 게 아니다. 매일 먹는 음식에서 찾을 수 있고 살아온 과정에서 반추해 볼 수도 있다. 생활에서 체득한 것에 내 생각을 곁들여 나만의 문체로 쓰면 된다.

사람은 "오르막길에서는 유능한 사람과 어울리고 정상에서는 평범한 사람과 어울리는 것"이 좋다는 말이 있다. 책을 읽기 위해 노력했는지, 매일 꾸준히 글을 썼는지, 자기의 결점을 먼저 파악한다. 노력하지 않고 좋은 글이 나오길 기다리는 건 아닌지 점검해 봐야 한다.

동화 쓰기 수업 때 주제를 찾기 위해 강사님이 기억나는 에피소드를 이야기하라고 했다.

"아이와 함께 깊은 잠에 빠져서 선생님 전화를 받았어요."
"아이가 학교를 아직 안 왔네요."
"네, 늦어서 미안합니다. 지금 학교에 보낼게요."
"엄마 이왕 늦은 거 밥 먹고 가면 안 돼요?"

지각을 하더라도 바쁘게 뛰어갈 때 보지 못한 민들레나 야생화를 발견할 수도 있을 것이다. 학교는 늦었지만 천천히 걸으면서 민들레도 보고 새도 보고, 벌레도 보고 빨리 갈 때 보지 못한 것을 발견했다면 학교에 좀 늦어도 되는 것이다.

어릴 때 해가 넘어갈 때까지 신나게 잠에 빠진 아이를 깨워서 늦었으니 학교에 가라고 했다. 아이가 잠결에 눈 비비고 가방 메고 학교 가려는 것을 붙잡고 한참 웃었던 기억이 난다. 동화 쓰기 글감 찾기 토론 시간에 어린 시절 에피소드가 쏟아진다. 동화 쓰기 글감을 찾으려고 혼자 낑낑댔던 나에게 신나는 수업이었는데, 어린 시절 경험한 이야기가 쏟아져 나왔다.

방수처리 된 오빠 바지를 잘라서 엄마가 수영복을 만들어 줬는데, 다이빙하다 수영복에 들어온 물이 안 빠져나가 바지가 벗겨진 이야기를 듣고 웃다가 어릴 때 겪은 일이 생각나서 이야기를 풀었다. 엄마가 장날 언니 브래지어를 사줬다. 언니는 그 브래지어를 집 기둥에 탁탁 때렸다. 가슴 부분 뾰족하게 봉긋 올라온 부분을 둥글게 하려고 집 기둥에다 때려서 기둥 무너지게 생겼다고 했던 기억이 났다. 강원국 씨도 "글쓰기 전에 말로 먼저 했더니 글쓰기가 편하다."고 하듯 어떤 사건을 글쓰기 전에 말로 먼저 해보면 일목요연하게 구성을 갖추게 되고 글로 쓰기가 쉽다.

지금부터 어떤 글을 쓰겠다고 배경 설명을 도입부에 풀어놓으면 글의 탄력이 떨어진다. 도입부 설명한 것 싹 지운 다음 사건이 벌어지는 시점인 '대화체'부터 도입부로 하면 흥미 있는 이야기로 독자의 관심을 끈다.

강사님의 지도가 귀에 쏙쏙 들어오고 재미있게 느껴지는 것은 수필 쓰기를 하면서 습관적으로 일상을 가변성 있게 받아들일 정도로 내 마음이 열려 있어서이다. 수필을 쓰기 위해서는 배운 지식을 비우고 2% 부족한 사람처럼 남의 의견을 받아들이면 글쓰기가 쉽다.

일상의 작고 사소한 이야기를 캡처해서 경험에서 느낀 스토리를 쓰면 좋다. 글은 부정적인 면보다 긍정적인 부분을 보고 좋은 감정을 따뜻한 시선으로 쓴다. 내 입장에서만 쓰면 상대에 대한 나쁜 감정만 보인다. 상대 입장을 이해하고 객관적인 시선으로 쓴다. 혼잣말이라도 중얼거려 보면 이야기 구성이 갖춰져 쓰기가 쉽다.

글쓰기 뜻을 가진 사람들과 모임을 하고 써 온 글을 읽고 피드백을 나누면 좋다. 글쓰기는 동반자와 함께해야 지루하지 않고 재미를 느끼며 끝까지 간다.

'경험해 보지 않은 사람의 잔소리는 안 듣는 게 좋다.' 글에 대해 흥미를 느끼지 못하는 사람들은 모든 일을 금전으로 환산해서 "강의하고 글 쓰면서 돈을 많이 버냐?"고 묻는 사람이 많다. 이런 사람들과 자주 만나다 보면 글쓰기에서 마음이 멀어진다. 글도 써보지 않은 사람의 간섭에 휘둘리다 보면 '시놉시스'가 다큐멘터리로 시작했다가 '예능'으로 끝날 수도 있다.

수필에 '수미상관' 플롯을 구성한다. 첫 문장에 나타난 주제를 마지막에 한 번 더 언급을 해서 주제를 각인시킨다. 동화는 '결자해지'로 문제를 일으킨 사람이 해결하도록 한다. 아이들은 어떤 문제가 해결이 안 되면 잠을 못 자고 시달린다고 한다. 그래서 마무리를 '권선징악'으로 맺는다.

40대 늦깎이 대학생이 되어 이순이 넘은 지금까지 공부하며 고생한 줄 알았더니 축복을 저축하고 살았다. 호기심 많은 나는 그동안 자격증을 따며 공부했던 날이 구슬을 만드는 과정이었다. 김미경 강사님 말처럼 나는 그 구슬을 이순이 되면서부터 꿰고 있다.

'기여 없는 보상은 없다.' 엉덩이에 땀나게 글을 쓰면 예술을 쓰게 될 것으로 믿는다.

"구름이나 소나기가 없으면 무지개가 서지 않는다."라는 J.H 빈센트의 격언처럼 어려움을 이겨내며 글을 쓰다 보면 명문장도 쓸 수 있을 것이다. 내 감정의 손때를 묻혀서 메모하고 글감을 수집하며 책을 쓰는 재미가 쏠쏠하다.

잘 살아가기 위해
생각을 쓴다

엘르 잡지 편집장 '장 도미니크 보비'는 뇌출혈을 일으키며 온몸이 마비되었다. 그는 왼쪽 눈을 깜박여서 알파벳을 맞추고 단어 하나하나 글씨를 그려내듯 『잠수복과 나비』 책 한 권을 썼는데 영화로도 상영되었다. 몸을 움직일 수 없는 상황에서도 글쓰기는 할 수 있다. 죽을 때까지 글을 쓸 수 있기에 나이 들수록 글쓰기만큼 취미로 좋은 게 없다.

'스토리텔링 글쓰기 책'을 어떻게 쓰는지 '챗GPT'에게 물었더니 답이 왔다.

"스토리텔링 글쓰기 책은 글 쓰는 방법을 가르쳐 줍니다. 보통은 저자가 이론적인 내용을 설명하고 이후에는 실제 사례를 들어 적용

해 보는 방법을 가르쳐 줍니다. 책의 목적은 읽는 사람이 자신의 이
야기를 더욱 흥미롭고, 생생하게 쓸 수 있도록 돕는 것입니다." 근사
치에 가까운 답을 주면서 그 외 스토리텔링 글쓰기를 인터넷에 검색
하면 도움을 받을 것이라는 해석까지 곁들인다. 하루가 다르게 발전
해 가는 AI 활용하는 방법을 배워서 인공지능과 함께 살아가는 방법
을 깨달으면 인생이 복리로 성장할 것이다.

'대단한 글만 쓰겠다.'는 말은 '완전무결한 사람만 살 가치가 있다.'
는 말처럼 위험하다. 강의를 하다가 책을 읽으면서 지루하지 않게 글
쓰기를 배우는 방법이 없을까 고민하다가 쓴 책이다. 스토리텔링 기
법으로 강의를 해보니 수강생들의 이해가 빠르고 글을 쉽게 완성해
가는 것을 발견했다.

책을 쓰고 내 글을 공개하는 것은 쉬운 일이 아니다. 독자들의 반
응이 반가우면서도 두렵다. 책을 내면서 독자에게 스토리텔링 글쓰
기 기법을 하나라도 더 알려주기 위해 최선을 다했다. 내 글에 반응
해 주는 독자가 고마워 계속 글을 쓴다.

매일 글 쓰는 시간은 자신과 삶에 대해 진지해지는 시간이다. 하
루를 깊이 있게 성찰하는 삶, 내 인생은 어느 때보다 진솔하고 세상
의 이치를 깨닫는 글의 깊이가 달라짐에 감사하다.

"완성작이 아니면 작품을 노출하지 말라."고 엄하게 지도했던 교
수님의 마음을 늘 생각하며 퇴고에 심혈을 기울인다.

'배움의 끝은 실천'이기에 작가는 책임감 있게 살게 되고, 독자가
내 책을 읽고 행동까지 달라졌다면 '작은 차이가 가치를 만들듯' 작가

의 역할은 충분하다고 본다.

"옛것을 공부하면 앞일을 결정짓는 답을 얻을 수 있다." 속담처럼 몸과 마음에 생채기를 입은 삶의 체험을 글로 녹여내니 헛되지 않았다. 내 글이 타인의 삶에 작게라도 도움이 된다면 명약이 될 수도 있겠다.

글감을 준 수강생과 책 쓰는 데 도움을 준 남편과 아들, 지인들에게 고마움과 감사한 마음을 전한다. 보석 같은 나의 체험을 나눌 수 있는 세 번째 책을 세상에 내보이면서 버킷리스트를 또 하나 해결한 듯 뿌듯하다.

'챗GPT가 글 쓰는 시대'지만 밥 뜨는 수저는 밥맛을 모르듯 창작을 하면서 글 쓰는 사람만이 기분 좋은 감정을 누릴 수 있는 특권이 있다.

AI와 함께 사는 세상, 챗GPT 글밥은 작가가 더 맛있게 짓는다. 내 경험을 공유하면 '개인사도 역사가 된다.' 책을 쓰며 시대의 흐름에 동참한다.

스토리텔링 글쓰기 징검다리

챗GPT

글밥 먹고 일한다

초판 1쇄 발행 2023. 9. 4.

지은이 오수민
펴낸이 김병호
펴낸곳 주식회사 바른북스

편집진행 박하연
디자인 김민지

등록 2019년 4월 3일 제2019-000040호
주소 서울시 성동구 연무장5길 9-16, 301호 (성수동2가, 블루스톤타워)
대표전화 070-7857-9719 | **경영지원** 02-3409-9719 | **팩스** 070-7610-9820

•바른북스는 여러분의 다양한 아이디어와 원고 투고를 설레는 마음으로 기다리고 있습니다.

이메일 barunbooks21@naver.com | **원고투고** barunbooks21@naver.com
홈페이지 www.barunbooks.com | **공식 블로그** blog.naver.com/barunbooks7
공식 포스트 post.naver.com/barunbooks7 | **페이스북** facebook.com/barunbooks7

ⓒ 오수민, 2023
ISBN 979-11-93341-08-7 03800